鳴響雪松 8.2 Новая цивилизация–Обряды любви

愛的儀式

目次

1 愛是宇宙的本質

路上突然出現一個人，他幾乎站在車道的正中央、背對我的吉普車。我立刻煞車，試圖小心地繞過這個灰髮的怪人。

當我離他只剩十公尺時，這位老翁冷靜地轉身過來，我也下意識地踩下煞車。

站在路上的是阿納絲塔夏的祖父，我一眼就認出他來了。灰髮和鬍子與他出奇年輕、炯炯有神的眼睛相當違和，但這樣的衝突也使他異於大多數的老人。他的穿著樣式不明，不知道是什麼材質做成的灰色長風衣，但卻是我很熟悉的特色。雖然如此，我還是不敢相信自己的眼睛，畢竟這位西伯利亞泰加林的老翁究竟是怎麼跑來俄羅斯的鬧區，還站在弗拉基米爾城通往蘇茲達爾的路上？他怎麼來的？坐車嗎？這位隱居西伯利亞的老翁怎麼可能熟悉我們錯綜複雜的路網？況且他肯定也沒有任何證件。

錢呢？他像孫女阿納絲塔夏那樣賣乾香菇和雪松子自然賺得到錢，但沒有證件這點……

當然我們很多遊民也沒有證件，警方對此也束手無策，但阿納絲塔夏的祖父又不太像遊民。

他雖然衣衫襤褸，但保持得很乾淨。外表看起來也打理過，臉上容光煥發，還能隱約看得到紅暈。

我坐在駕駛座上一動也不動。他自行走到車邊，我也替他開了車門。

「你好，弗拉狄米爾，你要去蘇茲達爾啊？可以載我一程嗎？」老翁若無其事地問。

「當然可以，上車吧。您怎麼會在這裡？您怎麼從泰加林過來的？」

「我怎麼過來的不重要，重要的是我為什麼來這裡。」

「所以為什麼？」

「和你一起認識俄羅斯真正的歷史，也希望消除你對我的不滿。我的孫女阿納絲塔夏要求我這麼做，她跟我說：『爺爺，害他不滿都是你的錯。』所以我才來找你一起旅遊，你不也正因為如此才要去蘇茲達爾的嗎？」

「是啊，我想參觀博物館。我當時確實很不滿，但都過去了。」

我們在車上誰也沒說話。我想起之前與阿納絲塔夏祖父臨別時的氣氛有多僵，我們甚至沒和對方道別。當時是這樣的：

阿納絲塔夏的祖父建議我組黨，還說可以取名為「家鄉黨」。

其實以前就有很多人建議我根據阿納絲塔夏的理念組黨了。

他們認為組黨才能真正讓人民取得建造祖傳家園的土地，並在未來阻止政府以各種手段侵占土地，因為現在沒有任何政黨重視這些議題，很是遺憾。

有鑑於總有一些勢力反對阿納絲塔夏的理念，不擇手段地詆毀她的理念，汙衊真心受這些理念吸引的人，包括我及阿納絲塔夏本人，所以有人建議我在黨章的〈宗旨與使命〉中不要強調建造祖傳家園的有利條件。有人還建議我，完全不要提到阿納絲塔夏的理念和《俄羅斯的鳴響雪松》這套叢書。

別人堅稱唯有如此才能順利登記組黨，所以我決定向阿納絲塔夏的祖父請教這個問題，同時也希望他給我有關政黨架構、宗旨和使命的建議。我想他既然清楚祭司如何不斷地創立各種動輒超過千年歷史的社會結構和宗教，肯定也會知道這些長壽機構背後的神祕組織原則。

況且他自己也是舉足輕重的祭司，甚至可能強過現在統治世界的其他祭司。如果真是這樣，他一定連祭司組織背後的準則都瞭然，這個組織的歷史比宗教還要悠久。

事實上，祭司組織從古至今都是超越宗教的結構，因為祭司本身就直接參與了很多宗教和世俗機構的創立，古埃及和其他國家的歷史就能證明這點。

所以我才認為阿納絲塔夏的祖父能為「家鄉黨」制定某些方針，使這個政黨就算不是最強的，也能具有一定的影響力。

我真心想請教他的意見，所以趁著我覺得他沒有在思考的時候問他：

「您說過要組黨，我的讀者談論這件事也很久了，但有些人建議我不要在黨章中提到阿納絲塔夏、她的理念和書本身，這樣才能順利登記組黨。」

灰髮的老人家站在我的面前，拄著他父親的手杖不發一語。他不單只是沉默，而是緊盯著我看，彷彿第一次見到我一樣。他的眼神不是很友善，甚至帶些批判。

停頓許久後，他終於開口說話。聽得出來他帶著鄙視的語氣：

「你說登記？你要我給你意見？建議你要不要背叛嗎？」

「這跟背叛有什麼關係？我是向您請教怎麼做才能讓登記組黨更順利。」

「登記不是最終目標，政黨更不是最終目標。你說沒有理念，甚至隻字不提，這樣讀者怎麼知道那是他們的家鄉黨，而不是什麼叛國商人的政黨？別人要你創立沒有意義的組織，沒有根據、沒有理想、沒有象徵，這些都是未來引領眾人的關鍵，你卻跑來問我你該不該採納他們的建議，你難道看不清這麼簡單的把戲嗎？」

我發現自己陷入一個棘手的話題，所以試著脫身，提出另一個問題：

「我只是想知道您建議在政黨的架構、宗旨和使命中制訂哪些原則。」

他後來的反應幾乎讓我失去理智，我當時覺得他老人家不僅不回答我的問題，甚至開始傲慢地嘲諷我。他一開始驚訝地看著我，不安地哼了一聲後便轉身離開，但才走了一步又轉身對我說：

「你難道不明白嗎，弗拉狄米爾？你應該在你心中回答你剛才所提的一切問題，每一位決心與你一起組黨的人也應該在心中回答。我當然可以給你提示，可是明天又會有另一個人給你提示，接著第三個。你們不會行動，一心只想得到提示。你一下往右走，一下往左走，接著又往前走、往後走，或者開始原地打轉，只因為你懶得思考。」

就是這句「懶得思考」讓我相當不滿，我多年前第一次與阿納絲塔夏相遇後便一直在動腦，白天想，晚上睡覺時也想，腦袋說不定都要因為連續過勞而爆炸了。我至今寫了八本書，自己思考書中的內容，有時還為了某幾句話的意思再三琢磨，這老人家肯定知道這點。

我開始怒火中燒，但仍克制住脾氣解釋道：

「事實上，所有人看起來都會思考及反思，還成立了各式各樣的組織，有共產、有民主，也有中間派。但有人說過：『不管我們成立什麼組織，最後都跟共產黨中央委員會沒有兩樣。』」

「說得沒錯，不過正如我剛才說的，你因為懶得思考而原地打轉。」

「這和懶得思考有何關係？應該只是資訊不足吧。」

「所以因為資訊不足，你才來請教我的嗎？但如果你懶得思考，聽了會懂嗎？」

我越聽越生氣，但仍克制住怒氣回答：

「好，我會試著動腦的。」

「那就用心一點，政黨的架構應該仿效諾夫哥羅德最早時期的市民大會，其他的你之後自然會明白。」

這樣的回答讓我非常惱火，這老人家清楚知道有關俄羅斯信奉基督教以前的歷史文件都找不到，全被摧毀殆盡了，所以根本沒有人說得出諾夫哥羅德的市民大會是怎麼運作的，況且還是最早的時期。他肯定是在嘲諷我，但為什麼？我做了什麼讓他這樣……看在他是長輩的份上，我試著冷靜地說：

「抱歉，打擾您了，看來您在思考大事，我先走了。」

我轉身準備離開，但他叫住我：

「不過家鄉黨的宗旨或使命必須是創造機會為家庭找回愛的能量，必須復興助人找到另一半的儀式和節慶。」

「什麼？」我轉身看他，「愛？家庭？我知道您不想認真跟我講話，但為什麼要嘲諷我？」

「我沒有嘲諷你，弗拉狄米爾，是你想不透。如果你不學會自行思考，可能要花幾年才能明白。」

「明白什麼？您應該知道全世界所有政黨黨章中的宗旨和使命在寫什麼吧？」

「大概知道。」

「如果您知道，那就告訴我，告訴我啊！」

「他們堅稱要提高人民的生活水準，讓人民享有更大的自由。」

「正是如此，具體來說就是發展工業、提供住房、抑制通貨膨脹。」

「根本胡說八道。」老翁哼了一聲。

「胡說八道？是啦，如果我真的按照您的建議，把黨章的宗旨寫成『本黨致力達成為人民找到另一半的使命』，那才叫胡說八道。」

「你也可以補充一點：本黨將為人民復興有助家庭永遠保留愛的生活方式和儀式。」

「您到底在說什麼啊？您……想讓我成為眾人的笑柄嗎？找什麼另一半這種事情是婚友社為了賺錢在做的。如果真的把這個宗旨和使命寫進黨章，那根本不叫政黨，而叫婚友社。至於家庭有沒有愛，那是個人的家務事，沒有人有權力介入別人的家務事，連政黨也一樣，那跟國家沒有關係。」

「你的國家難道不是一個個家庭組成的嗎？難道家庭不是所有國家的基礎嗎？」

「是啊，是啊，所以國家才要提升家庭和個人的福祉。」

「提升國內生活水準後，就能為眾多家庭找回愛嗎？」

「我不知道，但人民都認為國家應該顧及每位公民的福祉。」

「弗拉狄米爾，你想想看『福祉』這兩個字的意思，冷靜思考背後的意義。我換種方式唸出這個詞，福——祉——兩個字都有幸福的意思。你想一想就會明白，光是愛，就可以讓所有人擁有最大的幸福，不是金錢，也不是皇宮，只有造物者給人『處在愛當中』的感覺做得到。

「愛是宇宙的本質，有生命、會思考，而且具有高度智慧。愛強大無比，所以神才對愛如此興奮，甚至將愛的偉大能量送給人類。我們必須試著瞭解愛，在國家層面上也不必對此難以啟齒。

「一個國家若有眾多家庭是在愛中生育孩子並創造愛的空間，就不會有通貨膨脹或犯罪猖獗的問題。這樣的國家不需打擊犯罪，因為壞人會在社會中消失。所有圖謀不軌的預言都會噤聲，無論這是有意無意或因為無知所產生的都不重要，重點在於這些預言會使人偏離重要的事物、誤入沒有愛的地方。

「祭司知道這點，所以放任預言不管。

「數個世紀以來，人類靠著生命與愛創造了不少儀式。這些儀式不管是在神的提示下誕生，還是憑藉人類的智慧臻至完美都不重要。事實上，這些儀式數個世紀以來為人類創造了幸福，幫助年輕人獲得永恆的愛與幸福人生。所有儀式都跟現代的不同，絕對沒有故弄玄虛的迷信，反而是崇高的學校、宇宙的測試。

「阿納絲塔夏跟你說過數世紀前的吠陀羅斯婚禮，而你只在一集的書中提到，但其實這值得在每本書中反覆提及，畢竟包括你在內的現代人都還沒完全理解。

「如果你記得，她還跟你講過古代人尋找愛人的方法，可是你們也沒辦法完全理解。我的孫女說：『一定是我創造的意象不夠強。』她把錯都怪在自己身上，但我說你和所有人懶得思考也有錯。

「倘若由學術淵博的人鉅細靡遺地研究吠陀羅斯的婚禮，相信我，弗拉狄米爾，他們絕對找不到任何玄虛或迷信的行為，一切都有道理，都是創造愛所需的。相比之下，你會發現現代節慶的荒謬、玄虛和迷信。你要知道一點：阿納絲塔夏腦中的知識遠比她口中所說的資訊多無數倍，她的行為、行事邏輯就連祭司也無法馬上猜透，他們只能對我孫女的所作所為感到驚訝。

「對她提出問題，用問題激發她，問她吠陀羅斯有什麼與生育有關的儀式。

「她不會主動提起這個話題，因為她認為不應該討論你沒興趣的事情。但你根本不知道這些古代儀式累積了幾個世代的偉大智慧，它們都是宇宙世界的傑作。

「任何忘記先人智慧的民族都該遭到唾棄，無論是自己忘記，還是受到祭司操弄玄虛科學的影響都一樣。

「向我的孫女提出問題，用問題激發她，並號召你的政黨去創造愛。在那之前，我都不太想理會你。因為事情再怎麼顯而易見，還是得花這麼多時間跟你解釋。原諒我這個老人家，你走吧，解釋或思考這些不愉快的話題對我沒有好處。」

老翁轉身慢慢離去，我獨自站在泰加林裡，覺得備受屈辱。對話一開始我就忿忿不平，導致我沒有辦法好好思考他所說的話。但在我回到家後，我卻常常想起泰加林的那場對話，開始思考及分析其中的意義。我想證明我絕對不是懶得思考，但也許我不是要向阿納絲塔夏的祖父證明，而是對我自己。

我想在自己心中證實或反對他所說的話。

他老人家在泰加林說，如果每個人只想聽到提示或建議，而不思考生命的本質，那麼社會將永遠無法擺脫動盪，人民也不可能得到幸福。

我想我同意這點。

他還提到神的某種安排，那是什麼？現代人的生命符合祂的安排嗎？

2 我們的一生符合神聖的安排嗎？

某個人在二樓產房安然無恙地出生，這讓所有醫生感到驚訝。

歲月如梭，這個孩子上了幼稚園、中學、大學。「聰明」的幼教人員、老師和教授各把人生的某種安排灌輸給他。

那人認為人生最重要的目標就是賺很多錢，這樣才能吃好穿好、有房有車，所以他努力地工作，甚至一天做兩份工作。

時光依舊飛逝，他在退休前總共買了一間兩房公寓和一輛二手車。

他也在退休前戀愛、結婚、離婚、再婚。第一任妻子生了一個小孩，但離婚後小孩歸她。第二任妻子也生了一個小孩，但他搬到了遙遠的北方，一年只與父親通一兩次電話。歲月一分一秒地流逝，那人後來生了病去世。大多數地球人的命運都是如此悲慘。

少數人順利成為知名藝術家、政治人物、總統或百萬富翁，大家都以為這些人的生活比較幸福，但這只是假象。他們的煩惱不比其他人少，而且人生結局跟所有人一樣，都要面臨老年、生病和死亡。難道地球人這樣的生活就是神聖的安排嗎？不是的！造物者不可能讓自己的孩子一生下來就要面臨如此殘酷、悲慘的命運，而是人類社會本身受到了某些力量的影響，忽略了神聖的安排，走上自我毀滅和虐待的歧路。

或許有人會質疑人的一生是否真有神聖的安排，畢竟這不是學者或政治人物會提到的話題。

很多宗教會去解釋神的旨意，但都是透過某種媒介解釋，而且看法各有不同，唯一的共同點只有他們都相信神的存在。

哲學家和許多學者也相信，有一個理性且睿智的至高個體創造了我們所見的世界和世間的生命。實在很難不相信這點，畢竟在我們的世界中，萬物之間都有完全符合邏輯的關聯。如果真是這樣，這個理性的至高個體肯定是有目的地創造永恆的事物；精確來說，就是為萬物預先安排快樂的未來，特別是為祂以自身模樣創造出來的寶貝人類。換句話說，祂將特定的生活方式賜給地球上的人類，讓他們瞭解自己及認識萬物。人類可以體悟及延續神聖的安排，同時增添自己美好的創造。神渴望在人類孩子的世界中看到共同的創造及它的深思帶給萬物的快樂。

世界上肯定有神的安排，而且不是只有特定人士可以瞭解這個安排，而是每個有意願的人都能明白。神聖的安排不是寫在莎草紙上的字裡行間，而是呈現在神所創造且唯祂擁有的大自然生命符號之中。

古羅斯人憑藉他們的理智和智慧，仍有能力讀懂這本偉大的神聖之書。在數十億個符號字母中，現代絕大多數的人只認識幾個，所以我們必須重新開始學習神聖的字母。

我正在寫的這本書不是以宗教為題，也不是高談闊論什麼哲理，而是呼籲大家開始研究、認識神聖的安排。

我無意教導誰或宣揚什麼，只想透過智者精心設計、用來為家庭保存愛的儀式，讓我的讀者知道先人的文化，也希望讀者可以修正或驗證我所提出的論點。

我之所以出版這些資訊，是受到幾位泰加林隱士的言論和邏輯推論啟發，特別是阿納絲塔夏。

出書是為了讓人透過自己的感覺明白書中的資訊，一起開始努力按照生命的邏輯行動。我也希望我們的世代開始深思，加速為自己和孩子創造全新的文明。

阿納絲塔夏在概念上或許只點出了人類發展進程的第一點：「人類社會必須利用神所賦予的素材研究神聖的安排、讓整個星球變成美麗的天堂綠洲，進而創造所有生命體和諧共存的社群。達到這種生命境界的人，才有機會在其他星球或銀河中創造生命。」

阿納絲塔夏順著這個大概念首度提出建造祖傳家園的構想。

我們就從一些看似簡單常見的問題開始研究吧。

3 愛為何來來去去

噢！多少詩歌和哲學著作談過這種感覺啊！很難找到沒有多少觸及這個主題的文學作品，而且幾乎所有宗教都會談到愛。大家都認定這是神賜予人類的偉大感覺。

然而，從現代人類的現實情況看來，愛的感覺彷彿成了最殘酷的現象。

我們就來看看現況：統計數據顯示，六至七成的婚姻都以離婚收場。曾經相愛的兩人過了多年不合的生活後分開，而且這些年內有時還會出言污辱、毀謗對方，甚至暴力相向。

原本受到啟發的美好感覺消失了，取而代之的是多年的怨懟、污辱、仇恨，最後造成孩子不幸福。

這就是現代愛情的悲慘結局。

這樣的結局算是神的恩賜嗎？絕對不是！

或許是因為我們自己拒絕了人類應有的生活，愛才離我們遠去，同時留給我們訊息：

「我沒辦法在這種環境中生活，你們的生活方式會將我扼殺，你們自己也正瀕臨死亡。」

我想起泰加林的那場對話，記得那位灰髮老翁對愛的特別說法：「愛是宇宙最強大的能量，它不是沒有思想的，而是有自己的想法和感覺。愛是一個有生命且自給自足的存在體——一個生命體。

「愛依照神的意志來到地球，準備將自己偉大的能量送給在地球上的每一個人，要讓人類的生命永遠地處在愛之中。

「愛來到每個人面前，試著透過感覺的語言讓對方知道神聖的安排。如果人不傾聽，愛只能依照人的意志、非自願地離開。」

愛！真是一種神祕的感覺，縱使地球上幾乎所有人都體會過愛，卻仍未有人透徹研究過它。

一方面來說，絕大多數的散文、詩歌和大部分的藝術形式都會觸及愛這個主題；另一方面，這些作品的一切內容只是證明有愛這種現象，頂多談到愛的外在顯化，以及不同的人在心中出現這份感覺、受到影響時會有的哪些行為。

不過真有必要研究愛這種眾所皆知的感覺嗎？

我在西伯利亞泰加林中聽到那段從未聽聞的特別言論，證明了研究絕對有其必要，我們必須學著瞭解愛。

我想愛之所以遠離我們，最正確的原因其實很簡單，就是我們不瞭解愛。

但過去的人懂愛。

自己判斷一下，一萬多年前的吠陀羅斯人憑著他們的認知行動，讓愛不只更穩固，還能永遠存在。其中一種行動就是古吠陀婚禮。我在其中一集中介紹這種婚禮後，很多學術研究者也開始證明這種儀式確實能使最初燃起的感覺化為永恆的感覺。在將過去、現代不同民族的婚禮比較之後，我越來越相信，古吠陀婚禮是眾人以智慧設計出來的合理活動，即使到了今日，也能幫助眾多夫妻找到永恆的愛。不過先按照順序介紹吧。

先從最重要的開始。

需要尋找另一半嗎？

「我的另一半」是個常見的說法，我們先對此下個定義。我想多數人都會同意以下定義：是心靈和人生觀與你契合的男人或女人，與對方聊天會使你感到愉快，而且對方吸引你（包括外表）並能激發你的愛。

我們應該主動尋找另一半，還是順從命運等待對方的出現？

從人類幾個世紀的經驗看來，有目標地尋找是必要的。很多故事都能證明這點：善良的年輕男子在長途跋涉中一路尋找對象。

古代有儀式幫人完成這個人生最重要的尋找。

也有非常古老的儀式幫人判斷自己的選擇是否正確、另一半是不是魔鬼派來的。

我曾在前幾集中談過幾種儀式。我介紹的不是大家熟知的儀式，主要是介紹沒人碰過或知道的儀式。這一集的重點放在結婚儀式，以及判斷是否選擇正確的儀式，我會在不同的情境中重新介紹。

「那就快點介紹這些神奇的儀式啊，」有些讀者可能會想，「跟我們解釋這麼多做什麼？」但這些解釋有其必要！我們必須看清及分析現狀，否則無法瞭解民族智慧的深刻意涵。世界上的一切都是相對的，所以我們還需要加以比較。

先來觀察現代世界有哪些場合可以幫助人認識彼此，或阻礙彼此。

說也奇怪，在現在所謂資訊爆炸的年代，有助於兩人認識彼此的場合卻越來越少。

住在人口稠密的大都會區時，人與人之間彷彿隔著一道看不見的牆。

住在現代高樓大廈的人常常連同一層樓的鄰居都不認識；大眾運輸工具上即使人擠人，乘客也都在煩惱自己的問題；路上的行人也不會管彼此的事。

以美國為例，你就不能一直盯著女性，否則會被懷疑是性騷擾。

由此可知，待在公寓或去上課、上班的路上，幾乎是不可能找到另一半的。

假設你的工作要與很多人接觸，假設你坐在大超市的收銀台好了，但所有從你面前走過的顧客都不打算認識你，可能只把你當作收銀台的附屬品。

在眾多年輕人聚集的學院或大學裡，即使有機會與人互動或交往，這也不是適合眾人挑伴的地方，因為學術機構另有其他功能。

酒吧、餐廳、舞廳和渡假村是現代人認為最適合認識彼此的地方，但就算在這裡認識、最後甚至結婚，通常也無法在愛與和睦中過著幸福的人生。根據統計，這樣的婚姻九成都以離婚收場。

其中最大的原因在於假象。什麼假象？以下就是一例。

假象

認識阿納絲塔夏前，我曾在地中海搭過郵輪。

在整整十四天的旅程中，我每次用餐都與兩女一男同桌，他們都很年輕且在新西伯利亞同一間建設公司上班。兩位女性每天穿著高雅的新衣、頂著漂亮的髮型來餐廳用餐，與她們聊天相當愉快。她們分別叫娜佳和法莉雅，總是看起來親切又開心的樣子。有一天，我到同桌男性的房間問他：

「與我們同桌的兩個女孩真是漂亮又討喜，不如跟她們玩玩吧？」

他回答：

「我才不想跟那種下等人玩。」

「為什麼是下等人?」

「因為我和她們在同一間公司上班，清楚知道她們真正的樣子。」

「什麼樣子?」

「第一，她們很愛惡搞;第二，她們邋遢又懶惰，只有在這裡才會打扮自己，試圖讓人覺得她們善良又聰明。她們很明顯就是專程來找有錢老公的，你肯定有看到她們一直在對一群亞美尼亞男人賣弄風情吧。」

後來為了拜訪這幾位在船上認識的朋友，旅程後的某一天，我在接近傍晚時到了他們公司，親眼看到兩個女孩在上班時有多不一樣。

委婉來說，她們沒有像坐郵輪那樣光鮮亮麗，可愛討喜的樣子也不知去哪了。

這表示她們在郵輪上展現的樣子都是假象。

現在很多男女都是依靠外表尋找另一半，但對方的外表總是與內在不符。有這種可悲的現象，會不會是因為大家忘記其他的擇偶方法了?導致雙方都被蒙在鼓裡。

對於心儀的形象，男人會送花、貴重禮物，甚至伸出手來、交出真心，但在結婚後突然看到對方真實的樣貌，才發現自己一點也不喜歡，因而心中忿忿不平，思念那個已經消逝的形象。

女人也突然發現不久前善良又貼心的追求者完全不愛她、不懂她了，也不知道怎麼回事。但其實男方愛的從來不是她本人，而是她的形象。

刻意裝出的形象和自然真實的樣子不符，這點在演藝圈的明星身上最為明顯，特別是你有機會看到他們私底下的樣子。

還有一種同樣可悲的狀況來自女人通常會在婚後大幅改變她們的外表。

男人愛上女人時，特別是一見鍾情，很難明確地說出，什麼讓他心中出現愛的感覺，可能只是對方的辮子、髮色或眼睛吸引了他。大家都覺得是外表加上內在，才會讓人萌生愛意，所以女人改變外表就是拿掉自己吸引男人的特點，使男人的愛變淡了。就算穿著、髮型或妝容出現巨大的變化後，旁人都說變漂亮、更有魅力了；就算這樣的讚美是真的；就算丈夫很喜歡妻子的新造型，過沒多久他的愛還是會變淡很多，甚至完全消失。

他看過很多比現任妻子更漂亮的美女，而最後愛上了她，愛上她當初的模樣。突然間，當初的形象不見了。如果丈夫愛上新的形象，就代表他背叛了當初的形象，這點你一定同意吧。

為什麼以前的人對於改變穿著相當謹慎？是因為他們能選的布料不多？不，他們有很多選擇。他們從海外進口絲料，還懂得如何裁縫細或粗的布料。他們還能用不同的染料或是刺繡在布料上做出各種設計。

還是說，他們沒有想像力或沒有足夠的錢？他們不只有想像力，而且還很豐富。每兩人就有一人是優秀的藝術家或設計師，只要看看古代的建築就知道了，個個都有精美的木雕。而且每個女人都會刺繡。至於財富，不只收入中等的人，就連有錢人都不會隨便改變穿著或髮型。他們對於改變外觀十分謹慎，都會試著保留自己的形象。

在現代的時尚圈中，女人尤其最愛改變形象，就跟萬花筒一樣。巨大的變化對服飾業特別有利可圖，大家把仍然完好的東西丟掉，去買跟上潮流的新品，期望這能帶來類似幸福感的新機會。但新機會沒有出現，只有別人刻意創造出來的新形象。大眾在密集宣傳的影響下將這個形象套在自己身上。

在現代的現實生活中，我找不到一個嚴謹的制度可以幫人找到人生的另一半。不僅如此，我越來越覺得現代的生活、我們整體的生活方式會讓我們永遠找不到另一半。說不定這種情況甚至對某些人有利。生活不順遂的人、人生沒有目標或意義的人，對很多想要賺錢的人來說是有利可圖的，更別說是有權有勢的人了。

對於我們是不是真的在尋找另一半的這個問題，我認為答案是否定的，因為我們不知道如何尋找，也沒有適當的條件尋找。

我在近代的儀式中找到一些有利於尋找伴侶的合理部分，以下就舉幾個典型的婚禮例子，看看這些部分有多合理或粗糙。我會在介紹的過程中加入個人見解，但如果你不同意，可以直接在書中劃掉或塗白，寫上自己的見解。

我越來越覺得阿納絲塔夏的祖父說得對，如果我們不開始自己思考，就會一直把任何胡言亂語當成人生智慧。

我不會提到現代的婚禮，這些婚禮除了眾人喝醉、到所謂的「永恆之火」前獻花、開車兜風外，沒有什麼值得一提的。

我們一起來看看更早以前的婚禮。

4 結婚儀式

我就舉一個俄國革命前常見的儀式，從社會在愛情方面墮落的角度觀察。

彼爾姆的提親儀式：彼爾姆人在結婚前有各種複雜的準備活動，父親幫兒子找新娘子之前，必須先得到自己上級和教區神父的同意。根據古老的傳統，新郎不能參與這個過程，只能徵詢親朋好友的意見。他未來的命運必須交由這些親人決定。

因此，新郎只能等到父親和媒人談妥後才見得到新娘，有時甚至是在婚禮上才初次見面。彼爾姆很少有年輕人可以自行決定娶妻，都是父親帶著豐厚的聘禮替兒子找個性好、品德好的女孩。

最後決定要讓兒子娶哪個女孩後，就開始所謂的提親儀式。這項任務通常是由家中的長輩進行，如果長輩不在，則交給教父、長輩親戚或有類似經驗的人。

我接著可以說明媒人該做什麼、該說什麼，但我認為這已經是一個毫無意義的活動了，因為從一開始就違反了主要的原則。

年輕人在這場儀式中顯然沒有出現任何一點愛。更可悲的是，愛的能量遭到污辱時，神還被扯了進來。

母親或家中的女性長輩為新郎準備迎娶時，會把一條象徵祝福新娘的麵包放在鋪著桌巾的桌子上，同時準備鹽巴、啤酒或家釀啤酒，點燃聖像畫前的蠟燭。新郎禱告後跪在雙親腳邊，尋求他們的祝福。唸完耶穌的祈禱詞後，他坐在桌後，等待賓客一一上前唸出同樣的祈禱詞。賓客將他們帶來的禮物或賀禮雙手交給新郎——煮過的豬肩頸肉或生豬肉塊，而且都會配上麵包，同時說：「年輕的王子，請接受這份珍貴的禮物。」接著唸出耶穌基督的祈禱詞等等。新郎回答每一個人：「阿門，謝謝你的祝福。」接著同樣雙手收下禮物或賀禮，拿到自己的頭上後放在桌上，再以啤酒或家釀啤酒回敬對方（少數情況才會用葡萄酒），同時唸著耶穌的祈禱詞，然後說：「祝你身體健康，（對方的名字）。」每位賓客當然也回覆新郎：「阿門，謝謝你的祈禱。」賓客接下酒杯後，對著新郎鞠躬致意，同時說：「願神賜予你長壽、幸福、美滿生活；祝你有快樂、有牛隻、吃得好、有麵包和鹽巴；祝你娶得美嬌娘，陪她一起上教會；祝你走到金色桂冠下，謹遵神的旨意！」接著每位賓客將酒喝下。

還有一個有趣的資訊。

彼爾姆的女人很少守貞，不過新郎也不會特別在意或避諱這點，反而熱切地追求這樣的女人或甚至孕婦，因為他們想著家裡很快就會多一個幫傭。聽說某些家庭的父親認為自己的女兒最天真無邪，所以對提親不屑一顧，甚至還會辱罵、趕走媒人，有時動手打人，說：「什麼，你說我們家女兒有罪過？」

由此看來，家族的成員不是在萌生的愛中誕生，而且還成為家裡的幫傭。

很多常見的婚禮活動都將我們的祖先當成野蠻人，但我必須解釋，雖然有些文學作品將此稱為傳統，但我們知道的所有儀式其實都不屬於斯拉夫傳統。在這些儀式起源的年代，教會禁止了真正傳統且有智慧的儀式，還用毫不合理的儀式加以取代。以下就是一例：

脫鞋：根據俄羅斯以前的傳統（現在一些地方也還有），新婚妻子必須幫丈夫脫鞋。這個古代傳統通常代表順從、主僕關係，甚至有貶低意味，畢竟如果不是完全臣服，誰會替別人脫鞋呢？我們從歷史得知這個傳統存在於弗拉基米爾統治時期，甚至波洛茨克公爵（Polotsk）的女兒也曾不願替丈夫脫鞋。

德國在馬丁．路德時期也有這樣的傳統，年輕新娘要在新婚夜替丈夫脫鞋，把鞋放在床頭，象徵丈夫是妻子的主人，男人要奴役女人。

歐萊利烏斯（Olearius）和哈伯斯坦（Herberstein）說過，他們在莫斯科甚至看過公爵和貴族婚禮也有脫鞋傳統，還要鞭打女人三下，再把鞭子和賀禮放進盒子。這個傳統在立陶宛延續到亞捷隆王朝，至今鄉下人家還保留這些做法。

由此可知，脫鞋和將新娘視為僕人的做法被誤認為俄羅斯的傳統儀式，但羅斯在出現公國前根本沒有奴隸，所以這不是我們民族的傳統，而是不被大多數人接受的一時做法。

但還有一種我覺得更愚蠢、殘忍且不人道的做法，這在十八至十九世紀時期，很多民族的婚禮都有。

婚禮上完最後一道熱食後，伴郎會立刻用桌布把食物連同麵包和鹽罐包起來，帶到茅草屋後放在新婚夫婦要睡的床上。新娘爸爸在門邊將女兒的手交給新郎，溫柔地告誡女兒，給她有關婚姻生活的忠告。新婚夫婦走到床邊，主婚人的妻子將穀粒、錢幣和啤酒花灑在他們身上，在床上餵他們吃東西（主婚人妻子會穿兩件外套，一件正穿，另一件反穿）。

隔天早上，所有婚禮賓客來到茅草屋，掀開新婚夫妻的被單，看看有沒有明顯的「洞房」痕跡。

這實在是這個儀式中最可怕、變態的行為，就算新婚夫婦兩情相悅也是一樣。年輕夫妻在所有賓客面前大吃大喝後，被要求回房發生親密關係，事後還要面對賓客色慾的目光，或者說是變態的目光。

第一，經過婚前和婚禮的一番波折和狂飲暴食後，最好過一段時間再進行親密行為，以免在這種情況下受孕。

第二，為什麼夫妻一定要在新婚之夜發生關係，事後還要向一群賓客交代呢？如果新娘那天剛好月事來呢？總而言之，這不就很像動物配種嗎？甚至比那更糟。

如果雌性沒有發情，沒有人會笨到把母狗和公狗、母牛和公牛、母羊和公羊湊在一起。但在這種習俗中，不做就沒臉見人。曾有一位七十歲的老翁知道我在研究各種儀式時告訴我一個故事：

「我結婚時住在鄉下，他們幫我與心愛的人作媒。她安靜又善良，名叫柯秀莎。她當時十九歲，我二十歲。我們認識半年後似乎就愛上對方了。

「婚禮第一天結束前，大家把我們送到獨立的房間過夜，派了一個人守在門口，隔天早上還要掀開我們的床單，要讓所有人看看有沒有留下處女血。我和柯秀莎抉擇的時候到了，當下可能是結婚太緊張了或吃壞肚子，我只覺得我和柯秀莎之間什麼也不會發生。她東弄弄、西瞧瞧，彆扭地露出胸部、開始親我，後來全身脫光。

「但我對她的愛撫和裸體完全沒有反應，只覺得越來越尷尬。我坐在床上、面對牆壁，我聽到柯秀莎的臉貼著我的背顫抖，眼淚滑過我的脊椎。我也難過得哭了起來。我們就這樣坐在床上流淚，後來我告訴她：

『柯秀莎，別擔心，我會跟大家說是我的錯。』

「而她回答：

『不行，他們會取笑你的。』

「日出前，她用手指把自己弄到流血，早上再將床單拿給又來喝酒解宿醉的賓客看。他們在酒酣耳熱之際，把我們叫了過去，鬧著玩地慫恿我們接吻，接著又是一杯黃湯下肚。

「我和柯秀莎在鄉下住了半年，搬到城市後便離婚了。我在那半年內什麼也沒做，後來我再婚，現在有四個小孩——三男一女，還抱了孫。但我永遠忘不了那場可怕的婚禮，至今仍會想起柯秀莎。」

5 受孕不僅關乎肉體

讀過《家族之書》的人應該記得，吠陀羅斯的結婚儀式最後是以柳巴蜜拉和拉多米爾這對戀人的受孕過程結束。

但我當時不打算問阿納絲塔夏，吠陀羅斯文明的受孕有沒有什麼特色，或者有值得特別注意的地方，但她似乎感覺到我可能會問，先開口說：

「吠陀羅斯人深刻瞭解受孕的本質，但我現在不知道怎麼用你能理解的方法解釋。」

後來我在與阿納絲塔夏祖父聊完，在不同民族中尋找可以為家庭保存愛的儀式，並從中學到了不少關於受孕的資訊之後，才發現關鍵不在阿納絲塔夏，而是我從來沒有準備好要怎麼理解她所說的話，我們現代的科學至今對此也尚未研究透徹。

科學家試圖複製人類，但就算可以成功，也只能複製出外表類似人類的個體。所以說，受孕不是只有精子和卵子的結合，還有看不到、摸不著的因素牽涉其中。

我接下來要闡述我取得的資訊，這可能會讓某些人感到震驚。我花了六個月思考這究竟值不值得與讀者分享，但最後還是決定說出來。我的發現如下：

現在世界上有很多家庭不知道，他們養育的孩子其實不完全是自己的。關於這點，可以找到很多證據。

科學界有一個專有名詞叫做「先父遺傳」，醫學界將此定義為遺傳初任伴侶的現象。科學家大多避談這種現象，不過這到底是什麼？

大約一百五十年前，英國的莫頓爵士發現了這個現象，他當時想培育出韌性極強的馬。有一次，他讓純種英國母馬與公斑馬交配，但因為這兩個品種的基因不合而沒有生出後代。過了一段時間以後，這匹純種英國母馬與純種英國公馬交配，生出的小馬身上卻有明顯的斑馬條紋。

莫頓爵士於是將此現象稱為先父遺傳。

飼養業者常在實務中遇過這種現象，像是品種犬繁殖場只要發現母犬與雜種公犬交配過，就算母犬品種再純也會將牠棄置，因為即便牠與最純的公狗交配，也生不出純種狗了。

母鴿一旦被不純的公鴿「糟蹋」，就算價錢再高、品種再純，也會被養鴿業者毫不猶豫地殺掉。根據經驗，這隻母鴿再也生不出純種鴿了。

許多國家的科學家做過大量調查，顯示人類也有這種現象。

我們時常耳聞白人夫妻生出黑皮膚的小孩；這些產婦的母親或祖母曾與黑人有關係，所以才會生出黑皮膚的小孩。每次的調查都發現，原因出自這些婦女或她們的直系祖先的婚前關係：和她們第一個發生關係的男性是黑人。

不過這些都是比較明顯的例子，不明顯的例子又有多少呢？肯定多不勝數，畢竟現在婚前性行為蔚為風潮，所以如果結婚時不是處女，不應該責怪女方，我們的社會、扭曲的性宣傳和性產業才是罪魁禍首。

西方家長知道他們仍在就學的孩子破處後要拿保險套給他們使用，但不知道保險套無法預防先父遺傳現象，人類和動物都有實際的案例可以證明這點。

很多古代經典和宗教也談過先父遺傳，雖然稱呼不同，但本質不變。科學家和古代智者都認為，與處女發生關係的第一個男人會留下自己的靈魂和血緣，導致她往後所生的孩子都有男方的心理和生理特點。後來為了生小孩而與這個女人發生親密關係的所有男人只會留給她精子和身體上的疾病。

難道這就是現代多數父子不合的原因嗎？現代的人類社會全面墮落也是因為如此嗎？

大量的實例可以證明受孕過程中有某種能量參與，但如果真是這樣，不只科學家，所有人都應知道這點。我們近代的祖先或許也知道，所以才想盡辦法確認結婚的女性是處女。說不定正是因為如此，很多民族的婚禮傳統才會將新婚夫婦鎖在單獨的房間，事後從房間把沾血的床單拿出來展示，證明新娘婚前仍是處女。不僅如此，更久以前的祖先甚至認為處女之身仍不夠格延續家族，他們覺得女人在與男人發生親密關係時如果想著別人，生下來的小孩就會像她所想的人。

這種想法證明了，古代人猜到，或許可以說是堅信，思想才是受孕的關鍵。精確來說，是思想的能量導致受孕。

先父遺傳現象也能證明這點。女方或許在潛意識中保有回憶裡關於第一個男人的資訊，使得生出來的小孩與那個男人完全或部分相似。

我起初猶豫該不該寫這個主題，深怕引起孩子和父母之間的嫌隙或夫妻失和。我原本覺得無知就是福吧，但這種「福」從未出現。

也許這是因為他們不懂受孕的文化。

學校性教育這個議題受到討論已經很久了，正反兩方爭辯該不該實施這種教育。如果這種課程只是教導孩子使用保險套，那就大可不必；如果是向孩子介紹女性的使命、對於受孕問題的正確態度，這個課程就有其必要了。然而，講師必須瞭解這個議題的核心、準備充分的參考資料。學校必須談論這個議題，但可悲的是，我們的大眾媒體現在成天都在宣揚性愛。

很多所謂的民主國家經常談論人的自由，但如果重要的生命課題都被隱瞞不讓人知道，扭曲的思想透過看似自由的宣傳管道偷渡到我們的生活之中，假裝為人帶來益處，這還稱得上人的自由嗎？在這種情況下，人無非是遠離了人類真正該有的幸福生活。

但即便如此，若沒從阿納絲塔夏口中得知如何解決女人婚前曾與其他男人發生關係這個狀況，我不會寫下先父遺傳。

除此之外，我還發現吠陀羅斯人有個驚人的儀式，可以讓非親生的孩子在血緣和心靈上都變成自己的孩子。

我們信仰自然的祖先，尤其是吠陀羅斯人，清楚知道現代醫學所謂的遺傳初任伴侶現象，他們借助特別的儀式不讓年輕人受此影響。

智者也透過特定的儀式活動抹除初任伴侶的基因密碼，甚至幫助一時受到敵人侵犯的女孩完全恢復潔淨之身，證據就是他們不怕自己的兒子娶這種女孩。

不過有個但書，光從表面是不可能理解或重現自然信仰的儀式的，特別是吠陀羅斯的儀式，必須用感覺去體悟。

光寫出來有什麼用？我們必須去愛、為孩子的誕生做好準備，而且一定要在家中生產，也就是當初受孕的地方。

光寫出「想為家庭永遠保存愛，必須將三個要點、三種感覺、三個存在層面合而為一」有什麼用？光靠頭腦理解是不夠的，必須用感覺去體會，去感覺先人的哲理。

首先要做的莫過於對我們先人的誠心懺悔，被現代人稱為自然信仰者的他們一直遭到抹黑、被我們背叛。我們背叛了父輩和母輩的傳統斯拉夫文化——一個存在幾萬年的文化。

我們將基督教當作羅斯的傳統，但基督教在羅斯只不過一千年而已，怎樣也稱不上是「傳統」。

為什麼要懺悔？理由很簡單，如果我們仍覺得先人野蠻又愚昧（我們被灌輸這樣的觀念），卻同時採納他們的儀式，那麼這些儀式是不會奏效的。畢竟這些儀式都是根據宇宙的知識、星球的使命，以及對思想這種心靈能量的瞭解所形成。

即使我們欲借助這些儀式試圖發揮人類思想的巨大能量，但仍然無法得到正面的效果，那是因為我們的想法與「他們是愚昧的」這個觀念衝突。

這就是矛盾的地方：你是無知的笨蛋，但你的行為很棒。兩者互相排斥、互相衝突。還是說，有人刻意對我們隱瞞先人的文化？畢竟迷失方向又數典忘祖的無知人類比較好操控。或者，是神在懲罰我們的文明？俗話說：「種瓜得瓜，種豆得豆。」是我們切斷了與先人的連結，所以我們與孩子之間的線也斷了。

想要瞭解其他較崇高的自然信仰祖先文化如何看待受孕問題，可以從至今仍存於中國，特別是日本的傳統來看。這些地方的男女在為了生小孩而發生親密關係前，必須經過特別的淨身儀式。古中國、日本、印度和古希臘的信仰——傳統上的古代自然信仰國家——都非常注重受孕的問題。

所以想要生出優良的後代，該怎麼做呢？必須先花很多時間鑽研相關主題的大量資料嗎？還要花很多時間研讀有助於擇偶、育兒的資料嗎？

我可以斬釘截鐵地說，人生不需要花時間研讀這些東西。我花了很多年在這些資料上，但不是研讀，只是認識相關資訊。我頓時發現吠陀羅斯人其實已將他們龐大的知識濃縮成一個個涵蓋人生大小事，而且簡單、歡樂又合理的儀式。看來神應該親自幫助他們構思了這些儀式、瞭解人類存在的本質。

在試著實踐先人的經驗前，我們必須判斷是哪些先人。我的意思是說：多久以前的先人？俄羅斯現在的領土有哪些地方是先人活動的範圍？大家都知道，包括以俄文寫成在內的很多歷史文獻，都會描述五千年前埃及和羅馬人的生活。這些國家從古至今陸續都有考古活動，吸引大批觀光客。

至於羅斯，就算拿我們自己的歷史文獻好了，最多都只講到一千年前的歷史。

難道說，俄羅斯當時是蠻荒之地或完全無人居住嗎？但真的是這樣嗎？還是有人刻意隱瞞我們的歷史？確實如此，我在書中曾經提過這點，但現在我要給你們看看一些考古資料。

我要描述阿爾卡伊姆（Arkaim）這個與先父遺傳問題有直接關係的地方。阿納絲塔夏的祖父說過，三千五百年前的那裡有個非常偉大的發現。

6 深入歷史

智者學院阿爾卡伊姆

一九五二年，衛星將幾張照片傳回地球，顯示南烏拉爾山脈地表明顯出現數個不尋常的圓圈。各界一致斷定這些是人造的圓圈，但沒有人清楚知道到底是什麼。

當時的科學界和神祕學界都在爭論印歐民族的起源，科學家提出了理由假定歐洲許多民族，以及印度、波斯和部分亞洲地區的民族來自同一個根源——神祕的原始印歐民族。

許多研究者都想找到傳說中白種亞利安人居住的遺跡，希望能對古亞利安人現已失傳的寶貴知識略知一二。

考古學家開始在阿爾卡伊姆山谷挖掘後，向學術界宣布他們發現了一座可追溯至四千年前的古城，古印歐文明的人民就在該處生活。研究者開始將阿爾卡伊姆同時視為城市、神殿和天文觀測台。

想知道這些學術假設的人可以參閱專門的文獻。

我要把阿納絲塔夏祖父跟我分享的阿爾卡伊姆資訊轉告讀者，他思考的邏輯要比科學假設背後的邏輯精確且有趣多了。

他直截了當地說：

「阿爾卡伊姆不是城市，也不是神殿。天文觀測台這部分是對了，但那不是主要的功能。如果用現代的話來講，阿爾卡伊姆其實是一座學院，智者的導師都在這裡生活、工作。他們在此研究宇宙、瞭解天體之間的關係，以及這些天體對人類的影響。他們沒有將自己偉大的發現記錄下來，也不曾長篇大論地公開演說。在多年的研究中，他們設計了多種儀式並介紹給人民，接著觀察這些儀式的效果，適時做出修正。他們用簡短的一兩個字就能總結自己龐大的研究，呈現這些成果的核心內容。

「例如八月十四日蜂蜜救主節和八月十九日蘋果救主節這些古老的儀式。

「民眾在蘋果救主節前不會食用新收成的蘋果，在蜂蜜救主節前則不會食用新採收的蜂蜜。

「智者經過長期的研究和觀察，發現蘋果在這個節日前無法給人很大的益處，就算成熟了也一樣，但問題不全是蘋果本身。蘋果救主節前，很多對人體有益的漿果、可食用的草和根莖類作物都成熟了。如果人這時候開始吃蘋果，就會沒有剩餘的空間再吃當下對自己更有益的食物。

「正是這群智者發現了大自然中果實成熟的順序並非偶然，而這個順序就是人類神聖飲食的依據——科學界數個世紀以來不停尋找的神聖飲食。

「智者的研究結果可以寫成好幾本論文，但他們沒有寫。他們不想讓人民讀起來負荷不了，所以只用可讓人馬上運用的幾個字傳授他們的結論。人民相信智者，他們的建議也總能在生活中獲得印證。

「另外，吠陀羅斯的智者不能與希臘的哲人、埃及的祭司和現代公認的頂尖學者相比。智者做出偉大的發現後拿不到任何勳章或獎勵，無法累積財富，也不能像埃及祭司那樣得到權力，更從未像現在多數宗教『高層』受到萬人景仰。他們走進村莊唯一得到的只有食物，衣服和鞋子穿壞的話也會有人相贈，另外還能有休息的地方，不過智者有時會婉拒村民的款待，選擇睡在戶外。

「智者還能得到人民真誠樸實的尊重。多虧有這樣的機制，數個世紀以來，才能選出民間最好的思想家和導師。

「心懷感激的人民依照智者的設計為他們建造設施，阿爾卡伊姆就是一例。智者可以來到這些地方思考及交換想法，就像在最高學術委員會那樣討論，描述他們依據發現所構思出來的儀式。

「很多人甚至不知道這些儀式是誰想出來的，不曉得該感謝哪一位設計出聰明又有用的儀式。

「舉例來說，人類史上其中一位最偉大的智者，同時也是哲學家、天文學家和心理學家，他花了九十年研究如何克服現在所謂的先父遺傳現象。

「他找到了方法，告訴人民有個有效的儀式只要十五分鐘就能完成。事實上，準備起來要花更久時間。弗拉狄米爾，你可以去問阿納絲塔夏，她應該會跟你說這個儀式。

「我只稍微講一下，想要領悟、感覺這個儀式，唯一的辦法便是瞭解我們遠古祖先所擁有的愛的感覺——他們愛的哲理。你靠著思考，想得越久遠以前，就能越瞭解這個儀式。」

為了證實阿納絲塔夏祖父對於阿爾卡伊姆用途的描述，我們先來認識它的構造吧。

阿爾卡伊姆為圓形結構，直徑大約一百六十公尺，這種大小明顯稱不上城市，但我還是跟現代學者一樣將它稱為城市。

城市周圍是寬度兩公尺的溝渠。外牆非常巨大，高五點五公尺、厚五公尺。外牆共有四個入口，最大的入口位於西南方，其餘三個較小的入口分布在其他方位。

一進入口就會踏上寬約五公尺、城內唯一的環狀道路，將貼著外牆建造的住宅與內圈的城牆隔開。

整條路都以圓木鋪成，底下是寬兩公尺、連接外圍溝渠的渠道。由此可見，這座城市具有排水系統，多餘的水穿過圓木滲入渠道，然後流入外圍的溝渠。

所有貼著外牆的住宅（如檸檬區）門口都是對著幹道。科學家目前在外圈只發現三十五間住宅，這樣的數量連說是村莊都太少了。

接著我們看到神祕的內圈城牆，比外牆還要壯觀，厚三公尺、高達七公尺。

根據考古發現，這座城牆沒有入口，只在東南方設了一條小通道。城牆裡面有與外圈一模一樣的二十五間住宅，而這堵又高又厚的城牆將這些住宅與外界幾乎隔絕開來。想要穿過小通道進到內圈，必須走完整條環狀道路，這背後是有意義的：進城的人必須依照太陽的路線行走。最後，阿爾卡伊姆的中央有一座近似矩形、長約二十五至二十七公尺的中央廣場。

從以特定順序排列的生火痕跡判斷，這座廣場應該是為了某些特定的儀式而設。

因此我們看到的是一個外圓內方的曼陀羅圖案。在古代的宇宙學著作中，圓形代表宇宙，方形則為地球——我們的物質世界。古代熟悉宇宙構造的智者看到宇宙構造的和諧與自然，所以這座城市蓋得有如迷你宇宙。

阿爾卡伊姆是一個依照事先規劃的設計圖建成的綜合建築群，極精準地對應了天體的位置！外牆的四個入口形成一個卐字，代表太陽移動的路徑。

卐（梵文中代表吉祥和好運）是世上最古老的神聖符號之一，早在舊石器時代晚期的許多民族中就能見到這個符號，包括印度、古羅斯、中國、埃及，甚至中美洲的神祕馬雅王國等不計其數。卐字也能在古東正教的聖像畫中看到，代表太陽、成功、快樂與創造。相對來說，相反方向的卍字則代表黑暗和破壞，在古羅斯中是「黑夜的太陽」。在古代的裝飾品上，尤其是阿爾卡伊姆附近找到的亞利安陶罐上可以同時看到這兩種符號，而這有很深的意義：白天取代黑夜，光明取代黑暗，新生取代死亡，這是宇宙萬物運行的自然順序。由此看來，古代的卐字沒有好壞之分，兩者被視為一體（就像東方的陰陽）。

阿爾卡伊姆的結構相當漂亮，是一個完美的圓形城市，當時有突起的塔樓、燃燒的火炬和美麗的牆壁。牆壁上的圖形可能具有神聖的意義，或者說阿爾卡伊姆的一切都有意義。

每間住宅都是貼著外牆或內牆建成，門口對著環狀幹道或中央廣場。每間都有一個可當作「門廊」的構造，當中有特殊的水道通往幹道底下的渠道，可見古亞利安人建有下水道系統。不僅如此，每間住宅都有井、火爐和小圓頂儲藏室。

井裡的水面上方有兩條土管，一條通到火爐，另一條通到圓頂儲藏室。有什麼用途？真的非常聰明。我們都知道往井底看時，會有一陣涼風從底下吹上來，這種冷空氣通過土管進入亞利安人的火爐，產生強大的氣流，不用風箱就能熔化青銅！每間住宅都有這種火爐，古代的工匠可以無後顧之憂地精進手藝、在藝術上與別人較勁！另外一條土管則將冷空氣灌入儲藏室維持低溫。

俄羅斯著名天文考古學家畢斯特魯什金（K.K. Bystrushkin）將阿爾卡伊姆視為天文觀測台研究，得到以下結論：

阿爾卡伊姆的結構不只複雜，而是複雜又精細。研究平面圖後，便會發現阿爾卡伊姆與著名的英國巨石陣相似，例如阿爾卡伊姆的內圈直徑不管在哪裡測量，都正好是八十五公尺；事實上，內圈共有兩個半徑，分別為四十公尺和四十三點二公尺（你可以畫畫看！），而巨石陣的奧布里坑圍起來的圓圈半徑也是四十三點二公尺！巨石陣和阿爾卡伊姆剛好位在同緯度，而且都在碗狀山谷的中心，兩者相距將近四千公里……

研究者指出：「總結所有已知的資料，阿爾卡伊姆是一座『地平線天文觀測台』。」為什麼是地平線呢？因為測量和觀察是以日月從地平線升起和落下的時間為準。利用日月下緣遠離或接觸地平線的時間，可以更精確地記錄這個現象的位置。如果觀察日出，會發現太陽每天升起的位置都不一樣，六月二十二日會在最北邊，接著漸漸往南移動，十二月二十二日到達最南邊，這就是宇宙運行的秩序。一年內有四個觀察太陽顯著的時間：六月二十二日和十二月二十二日這兩天的日出，以及當天地平線另一側的日落；另外還有三月二十二日春分和九月二十二日秋分這兩天。根據這些觀察便能精準計算一年的長度，不過一年內還有其他很多重要的現象，這些可以利用另一個天體確定——月亮。月亮雖然觀察起來相當複雜，但古代人仍然理解月亮在天空中運行的模式，例如：

一、接近六月二十二日的滿月也可在十二月二十二日冬至這天觀察到，反之亦然。

二、每十九年接近夏至和冬至時可以看到月亮事件（所謂的高月和低月）。

在阿爾卡伊姆這座天文觀測台上可以觀察月亮，巨大的環狀城牆上甚至記錄了十八種天文現象！六種與太陽有關，十二種與月亮有關（包括高低月）。比較一下，研究者在巨石陣上只找到十五種天文現象。

除了這些驚人的事實外，研究者還發現了以下資料：阿爾卡伊姆的長度單位為八十公分，內圈中心與外圈中心相差五點二五個阿爾卡伊姆單位，接近月球軌道傾角：5°9' 正負十分鐘。根據畢斯特魯什金的說法，這是對應月球與太陽軌道之間的關係（從地球上觀察）。所以阿爾卡伊姆的外圈是獻給月亮，內圈獻給太陽。除此之外，根據天文考古學家的測量，阿爾卡伊姆的某些數據也與地軸擺動有關，這在現代天文學中已經是很高深的領域了。

由此看來，阿爾卡伊姆怎樣也不能歸在「城市」這個類別。

極小的住房不夠家庭生活，卻很適合哲人在此思考。

歷史學家知道智者在古代常被尊為哲人和導師，所以阿爾卡伊姆既然是最大的科學中心之一，應該就是專屬於智者的地方了，當時沒有其他的學者。

我們也知道這些智者會根據他們對宇宙的認識去構思及修正儀式。

問題來了：這些獨特的儀式現在去哪兒了？是什麼樣的怪力亂神摧毀了這些儀式或蒙蔽了我們？

松吉爾（Sungir）傳達了什麼訊息？

接著我想告訴各位更聳動的資訊，這比埃及金字塔和古羅馬遺跡還要驚人。

這些都是必須知道的資訊，如同隱居西伯利亞的那位老翁所說，這些資訊更有利於理解各種現象及先人對宇宙的認知程度。為此，我們更應該盡可能地深入歷史。

他說：

「如果思想可以回到三千年前，就能漸漸感覺三千年來的知識；回到五千年前就能感覺五千年來的知識，但你可能無法完全理解。你至少需要回到一萬九千年前。」

我原以為這樣深入我國的歷史根本不切實際，甚至準備好去印度和西藏，因為有人說在那裡可以比在國內更深入認識前人。不過現在哪兒都不用去了，一切答案就在我們身邊。在此邀請各位讀者細讀以下段落，同時思考一萬九千多年前的前人。

我要描述的考古遺跡是在弗拉基米爾城近郊湊巧發現的。根據多項官方資料，這個遺跡約有一千零一十五年歷史。

一九五五年，挖土機駕駛納查洛夫替弗拉基米爾陶瓷工廠挖土時，在三公尺深處挖到一個非常巨大的動物骨骸。考古學家接獲通知……

最初幾次的挖掘成果就讓科學家震撼不已，他們在遺址中找到人類骸骨、飾品和生活用品，證明當地存在古老的文化。進一步調查後發現，我們的先人早在約兩萬五千年前的舊石器時代便抵達克利亞濟馬河岸（Klyazma River）定居。

或許會有人覺得他們是四肢著地行動或穿著獸皮、拿著木棒。並非如此，考古學家有另一項驚人的發現。

骨骸上和周圍有很多飾品，透過飾品重建這些古人的衣著後，發現那看來就像連身衣或非常文明的洋裝。

如果不把這些發現的骸骨視為深埋地底的外星人，就得全面地重新審視我們的歷史觀了。

弗拉基米爾國立歷史民族博物館有一間展覽室展出了這些特別的發現，展覽手冊中寫道：松吉爾遺址是俄羅斯最為有趣的考古地標，全世界的考古學家無人不知。博物館還多次舉辦國際學術研討會。

松吉爾是俄羅斯平原區及弗拉基米爾州境內最北邊的古代人類聚落之一。以物件的豐富程度和保存狀況而言，世界上沒有任何古代遺址可以比擬。

多虧考古學家、地質學家、古生物學家和古植物學家的共同努力，我們才能認識如此久遠的人類生活。

這裡是冰河邊緣開始出現凍原的地方，稀疏的冷杉、松樹、樺樹和赤楊樹林分散四處，動物種類相當多樣。

展覽手冊寫道：「古松吉爾人獵捕馴鹿、野馬、雪狐、貂熊、野牛、棕熊、野狼、雪兔，將黑琴雞、野雞和黑脊鷗捕來食用，當然還會獵捕長毛象這種已經滅絕的大型生物（高度近四公尺，重達六公噸）。長毛象是他們最厚重的獎勵，因為肉多，皮毛更是無可取代的建材，象牙堅硬而適合製成武器和飾品。」

骨頭和獸角製成的物件更是有趣：調整矛柄的工具、鋤頭、矛頭、箭頭和長毛象牙製成的串珠，以及雪狐牙齒製成的飾品。一張大頭馬的小剪影圖更被視為稀有的原始藝術。這匹知名的松吉爾馬身上有一點一點的裝飾和紅赭石，點的數量正好是五的倍數，證明這個遺址的居民已有五進位的觀念，七進位在兩萬五千年前也已出現。但松吉爾遺址之所以聞名全世界，其實是因為遠古人類獨一無二的墓穴。

一九六四年，考古人員在厚重的赭石色岩層下方發現女性頭骨，再深一點又挖到年長男性的骸骨。他的胸前有一條鵝卵石綴飾，手上戴著二十五條長毛象牙削成平面的手環。另外，他的頭骨上及沿著手腳和身體共有將近三千五百顆一排排的珠子。考古學家根據骸骨上的珠子排列，重建了古松吉爾人的鑲邊服飾，讓人想起現代北極圈民族所穿的皮草衣。考古學家還在不深的墓穴中發現一把刀和燧石製成的刮刀。

五年後在附近挖到的墓穴也同樣珍貴。

這座墓穴葬著一具無頭的成人遺骸，旁邊有長毛象牙串珠、戒指和一對馴鹿角。上層墓穴往下六十五公分處，考古學家又發現兩具兒童骸骨。

男孩年約十二至十三歲，女孩年約七至九歲，身體挺直、頭貼著頭地葬在一起。這對前往「來世」的孩子旁邊有長毛象牙製成的狩獵武器陪葬：十一支標槍、三支匕首和兩支長矛。特別有趣的是，兩支完整的長矛是將象牙弄斷後削直製成，長度分別為二點五和一點五公尺。墓穴中還發現長毛象牙製成的「棍棒」、非常傳神的馬和長毛象雕像、明顯具有儀式用途的雕刻圓盤，這與他們的日月崇拜有關。這對小孩的服飾也鑲有上千顆珠子，胸前以骨針扣住，背面有外形模仿動物尾巴的串珠。

這些發現證明他們葬禮的複雜度，且石器時代的遠古人類已經發展出宗教信仰。我們還能大膽假設他們相信來世。

一九五六年迄今，松吉爾每隔一小段時間都會有複雜的考古活動。近二十年來，這些工作都是由知名的考古學家奧圖・尼古拉耶維奇・巴德（Otto Nikolaevich Bader）博士領導。人類學家格拉西莫夫（M.M. Gerasimov）院士和他的學生列別金斯卡雅（G.B. Lebedinskaya）與蘇琳娜（T.S. Surina）成功重建出古松吉爾人的外觀。

一般而言，人類學家根據頭顱就能精準地重建人的臉部，所以這是一個可以觀察遠古人臉的難得機會。我決定利用這個機會，發現這名成年男性的臉看起來聰明睿智，女孩略帶難過，男孩則是若有所思的樣子。

不過科學家對於狩獵的假設，特別是獵捕長毛象這點，我覺得不是很精確。

我把阿納絲塔夏的祖父帶到弗拉基米爾博物館的特展，他老人家緩緩走過所有展品，完全沒有停下腳步。後來他站在展間中央鞠躬了四次，每次轉身九十度。當我告訴他科學家的結論時，他開始大力反駁：

「弗拉狄米爾，這些人從來不會獵捕長毛象。長毛象是他們家中的動物，是家裡的好幫手，可以載運東西。牠們能做的事比現在印度象夫騎的大象還多。

「這些人會站在長毛象上採集大樹的果實，然後放進編織的袋子或籃子載往目的地。

「長毛象會幫忙除去侵占家族林間空地的雜木幼苗，或在接獲指示後搖晃並拔起樹木，讓空地變大。如果需要搬家，他們會把家裡的東西、器皿和儲糧交給長毛象載運。

「長毛象是善良又勤奮的家庭動物，連小朋友都能用手指抓著軟軟的象鼻尾端為牠指引方向。

「小朋友經常與長毛象玩耍，讓牠用象鼻吸水噴他們。

「長毛象看到小朋友跳來跳去、高興地尖叫，自己也很開心。

「如果用類似耙的特殊工具幫長毛象梳毛，牠會特別開心。他們會把象毛洗一洗後晾乾，拿來鋪床等個人用途。

「這些人根本沒有必要獵捕長毛象，你從展覽手冊就能知道這點了，當中有個矛盾的地方。」

「什麼地方？」

「你自己判斷一下，展覽手冊列了一堆用特殊陷阱就能輕易抓到一定數量的獵物；如果殺了重達六公噸的長毛象，是不可能一下把肉吃光的。」

「如果很多人呢？」

「不可能，當時的人口不如現在的城市或村落密集，每個家族都有自己的地，每個家庭都有自己的領域、自己的家。三平方公里以內的居民可能連一百人都不到，這些人不可能在兩三天內吃完六公噸的長毛象，就算他們吃肉外什麼都不吃也不可能。腐爛的肉還會分解，吸引大量的蟲子而引發傳染病。」

「但說不定他們會邀請其他地方的人一起享用呀？」

「如果家裡的東西就夠吃了，何必只為了吃肉走幾公里的路呢？」

「但如果您說長毛象屍體有傳染病之虞，養在家裡的長毛象死掉時也會有危險。」

「弗拉狄米爾，長毛象絕對不會死在家裡。當牠們老了、覺得死期將近，會離家一小段距離長叫三聲，接著走到遙遠的長毛象之墓安眠。這你自己也可以知道，畢竟現在的印度野生大象也會這麼做，牠們會在死前鳴叫，接著離開象群。」

「所以我們完全曲解了古代人類的飲食模式囉？」

「是的，或許這是因為現代人為了辯護自己對待動物的野蠻行為。你越深入歷史，就會發現越少人以肉為食。他們有足夠的植物性食物；至於動物，他們也只食用動物自願給予的，例如奶和蛋。肉類對遠古人類的腸胃也會是有害的。

「另外，打獵與其他取得食物的方法相較之下也不合邏輯，再次證明打獵不是遠古人類的主要食物來源。」

「什麼其他的方法？」

「從人類馴服的動物身上取得食物。你想像一個人在家裡有母長毛象、牛和羊等可以擠奶的動物，每天都能取得品質最好的新鮮產品。他還養了雞鴨鵝等禽鳥類，不用費心照顧就會有蛋；又可以從蜂巢取得部分的蜂蜜和花粉，其他多種根莖類蔬菜和可食用的草都唾手可得。但在一夕之間，這人就發瘋似地殺死家中的所有動物，包括在他睡覺時還保護著他的動物。他把牠們通通吃光，開始獵捕野生動物，讓自己和家人因為沒有穩定的新鮮食物而陷入危險。

「原本友善的環境和家中動物對他的愛被充滿敵意的環境取代，家人幾乎不可能在這種條件下生存。」

「但人類一開始就會馴服及訓練動物嗎？或許是後來才會的吧？」

「如果人類一開始就以侵略者之姿自居，根本不會有你說的後來。弗拉狄米爾，你已經知道森林裡連肉食性的野狼也會餵嬰兒喝奶，但在同一片森林裡，狼群也可能將大人生吞活剝。為什麼牠們對人類的態度有如此差異？」

「我不太曉得。」

「第一個情況下的小孩沒有侵略性，但在第二個情況下，大人的侵略性和恐懼會引起不安的氣氛。

「遠古人類沒有恐懼和侵略性，心中反而充滿愛，並且對周遭的世界非常好奇，所以不需費力馴服或訓練動物和禽鳥類。對他們來說，重要的是幫他們在地球上遇到的每種動物決定使命，他們也做到了。至於對動物而言，你也已經知道了，人類的愛與關注就是牠們最大的獎勵。

「肉最初是一個不完整的人先吃的，他身上愛的能量已經枯竭。這個人彷彿發了瘋，或者染上可怕至極的疾病——一個來到了現今的疾病。」

「但愛與第一個吃肉的人有什麼關係？」

「有直接的關係，在愛之中生活的人無法殺害生命。」

「或許吧，不過您可以斷定這兩個小孩在兩萬五千年前的死因嗎？為什麼他們埋葬的方式這麼特別——頭靠著頭？」

「我當然可以，但說來話長，而且你現在不應該去想死因，而是死的目的。」

「什麼目的？」

「你又來了，弗拉狄米爾，一直提問，懶得自己思考。不要怪我又說上次在泰加林惹你不滿的那些話，你最好想想我到底要說什麼。如果你不學會自己思考，我說的話反而會對你不好。

「我說你聽，同時思想沒有運作，不做自己的結論，只接收我的說詞。

「你說你的目標是找到愛過去能永遠留在人身邊的條件，並且在現代重現這些條件。這樣很好，方向是對的，目標是最重要的。

「你想要判定愛是從哪個世紀開始待在人的身邊，你看，眼前就是時間的證據。想想看，眼前有兩具孩童骸骨，如果不理解埋葬他們背後的重要訊息，就會覺得他們的早逝沒有意義。

「如果你現在可以明白，就會知道他們的死是有意義的。」

老人家說我懶得思考，我並沒有生氣。我早就知道他是千方百計地反覆教我用不同的方式控制自己的思想，但畢竟我跟他們受的教育不同，他們從小就開始訓練思考。我受的是普通教育，或許還是「關掉」我們思想的教育。

我站在孩童骸骨的面前絞盡腦汁，但看著他們還是無法稍微明白兩萬五千年前存在的愛。愛在當時真的存在嗎？

「存在。」老翁忽然開口。

「您為何如此肯定？畢竟解說牌上完全沒有提到愛。」

「沒有提到又如何？你仔細觀察，從骨骸看得出來他們年紀還小，男孩十二歲半，女孩八歲。

「他們的骨骸上有上百顆骨頭做成的珠子，你們的科學家依照這些珠子的排列還原了他們的穿著，但難道這些骨頭做成的珠子只能透露這個訊息嗎？」

「不然還透露了什麼？」

「弗拉狄米爾，他們的父母非常愛他們。他們不只愛孩子，也彼此相愛。只有慈愛的父母會花這麼多時間為孩子的穿著做出如此費工的裝飾。我們還能知道他們有充足的空閒時間創作藝術，設計及做出精美的衣服。

「在墓穴中也完全找不到任何致命的武器。」

「標槍呢？難道那不是武器嗎？」

「當然不是，那連用來捕魚的魚叉都不是，因為尾端沒有叉刺。你們把它叫做標槍，但這個東西的尾端一點也不利，又輕又細的，很難殺死或傷害任何生命。」

「那這個東西的功用是什麼？」

「訓練及控制動物，你看它很像現在動物訓練師手上拿的棍子，現代的象夫就是拿類似的棍子控制大象。」

「但為什麼是用骨頭做的？直接拿樹枝就不用浪費時間削直及裝飾骨頭。」

「樹枝不耐用，而且動物會習慣一樣物品，包括物品的形狀或有主人手部的味道。」

「好，您說得有道理，但還有一些看起來像箭頭的東西，箭總該是用來打獵的吧。」

「對這些並非地球最早的人類而言，箭是被肉食性動物攻擊時用來威嚇的工具。

「還有一些很像鋤頭的東西，這些其實是播種和除根的工具。」

「那首飾呢？您看這條項鍊是用雪狐尖牙做的。還有這些衣服，科學家認為那是皮革做成的，表示他們還是會殺動物。」

「你們的科學家說得沒錯，這些衣服確實是由皮革製成，但根本不需要殺掉動物。有些爬蟲類會脫掉老舊的皮，而且爬蟲類死後，螞蟻會吃掉牠們的內部，留下完整無缺的皮，很適合拿來做衣服。在這種情況下，何必浪費時間殺死動物、割開牠們的身體，處理、弄乾及軟化牠們的皮呢？畢竟都有現成又完美的皮了。神聖的大自然供應了人類的所有需求。至於狐狸尖牙項鍊，直接拿大自然處理風乾過的骨骸也容易多了。」

他老人家對獨特考古發現的見解就先寫到這裡。

弗拉基米爾國立博物館出版的手冊中有兩張展區圖，一個是松吉爾建築園區，一個是松吉爾展館。手冊還提到博物館針對這些特殊的發現辦過數場國際研討會。

但各位可別急著過來參觀這座獨一無二的古文明遺址，這裡沒有任何展區，只有尚未完工的建築。考古工作並不密集，國家沒有資金進行如此重要的工作，可以說是靠科學家和當地相關單位的熱忱才得以進展。

我在週末參觀這個特別的地方時，看到兩個人正在採集某座坑側邊的土壤當樣本，小心翼翼地把土放進塑膠袋。原來他們是國立人類學研究所的工作人員，他們相信就遠古人類的研究而言，松吉爾是世界上最豐富的考古遺址。

弗拉基米爾博物館是國內唯一展出松吉爾遺址的博物館，館方表示有些觀光客會來參觀松吉爾遺址，但大部分都是日本人，因為東京國立考古博物館有更完整的松吉爾展。

說也奇怪，日出之國居然比我們更尊敬住在我國領土的遠古祖先。謝謝你們日本人保存我們共同的祖先文化！

我們高談闊論俄羅斯的崇高使命、靈性、支持國家意象的重要性，但如果外國遊客親眼看到我們對歷史的態度，我們還遑論什麼支持呢？

或許我們只能期待我們較文明的後代會瞭解松吉爾尚待發掘的祕密了。

我很幸運可以知道兩萬五千年前的祖先是文明人，他們知道如何付出熱切的愛及永遠保留愛。

以家族為中心的社會

顯然為了復興能把愛留在家庭卻被抹滅的傳統和儀式，我們必須更全面地瞭解遠古祖先的生活。

為此，我們應該深入過去的歷史，探究當時的家族社會結構：深愛彼此的男女與孩子、孫子和曾孫組成相親相愛的家族社會。

現代的男女就連最親的親人——自己的孩子——都無法留在身邊了，小孩長大後也想盡辦法離開父母。住宿舍、租公寓雖然要花很多錢，但為了離開家裡什麼都願意。

而且不只孩子！很多夫妻甚至在孩子出生前或不久後就分開了。

羅斯出現公爵以前，家族社會結構已經存在數千年。當時沒有離婚，與後來我們社會的制度相比，家庭關係也比較穩定。只有真愛可以組成家族。比起現在，以前的孩子長大後要離開家裡反而比較容易，我說的是出現公爵以前的羅斯。

如果兩個相愛的年輕人不滿意他們與父母的關係，可以選擇離開家裡，在他們喜好的地方蓋自己的家；先在森林找食物吃，之後開始耕田務農。但他們並沒有離開，這代表家族的大家長理解他們、愛他們。

我們必須研究這個時期，將當中有助於穩定成家的合理部分應用在現代。

但如果俄羅斯的歷史全在講基督時期，我們又如何知道這個時期的人民生活呢？

之所以探索我們民族的歷史，也是為了判斷古代的儀式和文化是因為不合時宜而自己消失，還是有人刻意破壞數千年來的傳統？

如果是自己消失，就沒有必要深入歷史了，因為人類自己捨棄了不合時宜的古代文化，表示挪到現在也不會為人接受。

如果古代傳統是被人刻意破壞，就有必要探討是誰、有何目的了。我們必須找回這些傳統，交給社會大眾評斷。

古代的儀式和文化或許藏有人類存在的祕密，如果不去揭開，我們會繼續走向深淵、滅絕，因為家庭失和而受盡折磨。我們經常談到大規模戰爭，但比起伊拉克戰爭或以色列事件的新聞，家人的衝突通常會使牽涉其中的每個人更難受。

我回想自己知道的所有古羅斯史，發現在這個錯綜複雜的歷史誤解中，唯一貫穿其中的線索是征服者成吉思汗，也就是持續三百年的「韃靼蒙古桎梏時期」。這乍聽之下可能有點奇怪，為什麼是成吉思汗呢？因為這個時期正好是基督時期開始後不久，當時我們祖先的傳統尚未完全遭到破壞。不僅如此，成吉思汗是當時最傑出、最有趣且最有靈性智慧的人，不只是因為他和後代征服了大半地球，他們做到這點的方法也很令人驚嘆。我直接告訴各位，他們的軍隊只是次要的因素。很多歷史文獻指出，成吉思汗派了使者到世界各國，也到達中國和印度，為他帶回許多智者。他花了很多時間與這些智者對談，試著找出人類存於世上的意義、尋找長生不死之道。也就是說，他汲取了不同民族的智慧，肯定也知道古羅斯的社會結構。

資料指出他確實知道，我相信正是因為這些資訊，他的家族、兒子和曾孫們才能讓各國所謂的貴族俯首稱臣數百年。我說的不是國家或人民，而是掠奪這些國家人民的貴族。

可能有人會想：知道可以保存愛的古代家庭傳統和儀式，與成功征服國家有何關聯？

可別覺得訝異，兩者有直接的關聯，這些知識要比數百萬名士兵手中的刀劍、甚至比最先進的武器還要強大。

我不打算鉅細靡遺地描述韃靼蒙古桎梏時期的三百年歷史，我只挑一個最具代表性也最有趣的事件：征服弗拉基米爾蘇茲達爾公國。

我蒐集了各方相關資料，接著我們一起試著做出結論吧。

神祕的手段

無論是編年史、現代史料或教會文獻，都提過成吉思汗的孫子拔都曾在一二三八年春天對弗拉基米爾城用了難以理解、甚至神祕的手段。為何說是神祕？編年史的記載如下：「一二三七年佔領梁贊後，拔都於一二三八年春天帶領騎兵前往蘇茲達爾。」很多教會史料中接著記載拔都燒毀了蘇茲達爾，將一部分的人處死，其他人則納為俘虜。很多史料都說他們「殘殺人民」。

不過非教會歷史學家的描述較為正確、中立，例如國立弗拉基米爾蘇茲達爾博物館是這樣描述的：

韃靼人在弗拉基米爾城外紮營後，即率軍前往佔領蘇茲達爾、劫掠聖母大教堂、燒毀公爵宮殿和聖德米特里修道院，並且掠奪其他地方。年長的修士、修女和神父；失明、殘障、失聰和過度勞動的民眾皆被殺害，年輕的修士和修女、神父及妻子、執事及妻小則被帶到軍營，他們自己則前往弗拉基米爾城。

由此可見，拔都並未俘虜所有人民，只殺了位階較高的年長修士，將年輕的修士納為俘虜；他沒有燒毀整座城市，只燒了蘇茲達爾的公爵宮殿、教堂和修道院。

現在我們試著解開一個歷史之上的謎題：為什麼史料會寫「韃靼人在弗拉基米爾城外紮營後，即率軍前往佔領蘇茲達爾」？

任何軍事歷史學家和現代將軍都會說這樣的做法有違軍事戰略。

在有如銅牆鐵壁般的大城外紮營後放著不管，直接率軍前往較小的城市，此舉無異於自殺。

弗拉基米爾城和蘇茲達爾當時距離三十五公里，況且在道路泥濘不堪的情況下，騎馬過去也要一天的時間。

佔領蘇茲達爾至少需要數天，返程又要一天。

防守弗拉基米爾城的軍隊只要趁機出兵，短短一天內就能突襲並擊潰無人駐守的軍營，搶走儲備戰馬、弓箭、軍糧、梯子和投石機，不僅讓敵軍毫無攻城的機會，更完全失去戰力。

但他們沒有出兵，為什麼？他們不知道拔都的軍隊離開軍營了嗎？他們知道，從垛口就看得出來了，何況斥候兵也會回報。

還是說拔都的軍隊人數眾多，留了一批足以抵擋敵軍攻擊的軍隊在軍營呢？

歷史學家一開始是這樣解釋的，認為金帳汗國的軍隊將近一百萬人，但後來將人數下修到十三萬，甚至低於三萬。

將戰敗歸咎於雙方軍力懸殊是很自然的反應，但比較客觀的學者開始認為，要在當時動員一百萬人的軍隊完全不可能。

一百萬騎兵加上裝備就需要三百萬匹馬，這麼多匹馬聚在一處，就算是夏天也會餓死，因為附近的青草都會被踩死，冬天的糧草更會不足。

因此，歷史學家才將人數下修到十三萬或三萬。這真是一個羞辱人的數字，拔都只用了十三萬兵力就沉著地佔領一個又一個的俄羅斯公國，甚至拿下全國領土。

但就算高估他們的兵力，憑藉成吉思汗傳給後代的知識，想讓當時的俄羅斯公爵投降，五萬兵力也綽綽有餘了。只要知道俄羅斯民族和家庭的生活方式，並且根據這些資訊擬好策略便已足矣。

拔都在弗拉基米爾城外紮營後，並非將整個軍隊帶去蘇茲達爾，只帶了人數不多的小隊過去，所以弗拉基米爾人才未出兵突襲軍營、破壞軍事設備。

你知道拔都的小隊花了幾天幾夜佔領羅斯當時的宗教重鎮、傳奇城市蘇茲達爾嗎？當時蘇茲達爾周圍還有十五座以上如同堡壘的修道院。

什麼時間也沒花！他直接走進城裡，燒毀了公爵的宮殿，而公爵早已和侍衛逃之夭夭。

他們殺了所有高階神職人員，俘虜年輕的修士。蒙古人最後在西蒂河追到公爵和他的侍衛，將他們殺害。

可能有人會問：「怎麼可能？」勇敢的俄羅斯民族、他們不屈不撓且自由奔放的精神呢？

我就直說了，俄羅斯民族和他們的精神沒有問題。從邏輯上來看，拔都的小隊從蘇茲達爾回來時，人民甚至拍手歡迎他們。返回弗拉基米爾城外的軍營，一路上都有人獻上黑麥汁和家釀啤酒。

原因在於當時的人民不把蘇茲達爾當作自己的城市，認為那裡的公爵都是叛徒，神職人員是外來的侵略者和蓄奴者，所以無法容忍的人民不只一次起身反抗他們的壓迫。

國立弗拉基米爾蘇茲達爾博物館的文件寫道：

十三世紀末，蘇茲達爾共有八座修道院，均由公爵和基督教的神職人員創立，在新領土的同化政策上扮演重要的角色，戰時也能充當堡壘。

十五世紀末至十六世紀初，教會擁有全國三分之一最好的土地，並且試圖讓大公聽命於他們。十五世紀末起，國家多次嘗試限縮修道院和教會擁有的土地並將其世俗化，也就是徹底清算。土地問題在教會內部引起正反兩派：約瑟夫派和無擁產派。前者捍衛修道院財產，後者主張自我改革、反對修道院的貪婪。約瑟夫派的領袖是沃洛科拉姆斯克修道院院長約瑟夫神父，無擁產派的領袖則是基里爾別洛茲修道院的修士尼爾．索爾斯基。蘇茲達爾的修道院和神職人員都是大地主，自然堅決擁戴約瑟夫派。然而，十六世紀的大公並未成功實行世俗化，教會擁有的土地資產雖然受限，但仍持續增加。

真是卑鄙！俄羅斯三分之一的土地被君士坦丁堡的神職人員和他們的傀儡持有，修道院變成大奴隸主。負責耕田和養牛的不是修士，而是農奴。

多位公爵都想嘗試收復失去的國土，但這何等困難啊。

農民的內心能感到充實嗎？向來祖傳的土地一夕之間變成修道院的，流傳數千年的傳統和儀式被貶為野蠻，他們換到了什麼？同份史料記載：

一六五三年聖母庇護修道院農奴稅金與罰則

每戶課徵二阿爾金幣[1]、雞一隻和初剪羊毛。

購買稅：

馬：二堅加幣[2]。

牛：一堅加幣。

銷售稅：

麵包、馬匹、牛隻、乾草：每賣一盧布課徵一阿爾金幣。

圓木屋：每間房間一堅加幣。

爭議調解：

農業用地相關：二阿爾金幣二堅加幣。

住宅用地相關：四阿爾金幣二堅加幣。

法庭費用：

前往訴訟地點的交通費：一俄里[3]一堅加幣。

宣判無罪的交通費：一俄里二堅加幣。

有罪方：每盧布繳納一阿爾金幣。

無罪方：七阿爾金幣二堅加幣。

宣誓：四阿爾金幣二堅加幣。

---

1 阿爾金（altyn），俄羅斯舊制幣值，等於三戈比（kopek）。

2 堅加（denga），俄羅斯舊制幣值，等於半戈比。

3 俄里（verst），俄羅斯舊制長度單位，等於1.0668公里。

結婚費用：

新郎：三阿爾金幣三堅加幣。

新娘：每桌二阿爾金幣二堅加幣。

新郎來自外區：二格里夫納幣[4]。

用於節慶、婚禮或喪禮的釀啤酒費用：一桶啤酒。

罰則：

未經許可私自蒸餾或販售酒品：五盧布、鞭刑及逮捕。

非休息日飲酒：八阿爾金幣二堅加幣及鞭刑。

史料另也記載最高神職人員的財產：

伊拉里翁牧首名下人員與財產清單

十六名長者、六名財產管理人、六十六名私人護衛、二十三名僕人、二十五名歌手、兩名教堂司事、十三名敲鐘人、五十九名工匠與工人。

共一百八十人。

武器九十三件、銀製器皿一普特[5]二十俄磅[6]、白鑞器皿十六普特以上；牧首馬廄共有一百一十二匹馬、五輛馬車、八輛雪橇和雙輪馬車；一百四十七本書。

資料來源：一七〇一年牧首家清冊

---

4 格里夫納（grivna），俄羅斯舊制幣值，等於十戈比。

5 普特（pood），俄羅斯舊制重量單位，約為十六點四公斤。

6 俄磅（funt），俄羅斯舊制重量單位，約為四百〇九公克。

這是非常特別的史料，沒有任何不精確的地方，公正地列出牧首家的財產，不過這也引人遐想。

牧首究竟有什麼財產，需要用到六名管理人？

為什麼一個人要二十三名僕人服侍？

九十三件武器是用在教會儀式嗎？

請注意，這些並非修道院的財產，而是個人的，修道院另有自己的財產。

這麼多侍衛是要提防誰？人數都要比美國最初幾任總統還多了。

想當然耳，大批侍衛和修道院的高牆都是為了保護牧首、防止俄羅斯人民的侵略，蘇茲達爾修道院的城牆沒有軍事戰略用途。

但為什麼幾乎所有史料都說修道院有如堡壘的高牆和槍孔是為了保衛人民呢？

為什麼這些號稱堡壘的修道院連一個月都撐不下去呢？

這是因為這些堡壘的用途根本不是抵禦外侮，更不用說是精明的敵人了。

對成吉思汗孫子的軍隊來說，這樣的防禦工事可被當作笑話來看待。如果這些可笑堡壘內的領主沒有聽命馬上投降，蒙古人會在牆外堆出一道稍微比牆還高的土堤，然後將投石機推上去。他們有很多戰術，其中一種是用投石機將綁著長繩的袋子投進修道院，袋子會在落地前解開，受感染的肉就會灑在躲於牆後的人身上，接著只要等著射殺想要逃出大門的人就行了。

修道院高牆的唯一用途是抵禦牆外時不時暴動的農奴，或者就直接稱呼他們為修道院的奴隸。

正是君士坦丁堡的神職人員利用自己崇高的「靈性」，讓羅斯出現農奴制。

蘇茲達爾博物館的史料指出：

十七世紀，蘇茲達爾的教會依舊擁地自重，修道院和牧首家都是封建大地主，握有大批財產和數千名無酬勞動的農民。

聖歐蒂米奧救世主修道院是俄羅斯排名第五的教會封建地主，能夠富裕全靠贈地和貢品。十七世紀下半葉，早先存在的領地並未擴大，因為政府限制了修道院過度擁地，農民卻因此遭到兩層剝削，第一層是地主（徭役和代役），第二層是政府（稅金和其他形式的稅賦）。

也可看看聖母庇護女子修道院一份類似的史料：

修女能過無拘無束、不愁吃穿的生活，全靠農奴和大批僕人的勞動；聖母庇護修道院擁有的土地日益增多，仰賴於俄羅斯菁英階級的慷慨捐獻和贈地，包括公爵和沙皇。

由此看來，土地越多，農奴越多，財富也越多。

但我們回到十三世紀。

當初拔都的小隊抵達蘇茲達爾時到底是什麼情況？傳統和愛與這有什麼關係？

蘇茲達爾當時的人口不到四千人，大部分是公爵的侍衛、僕人、工匠，以及住在修道院高牆內與人民隔絕的神職人員和大批無償勞動的僕人。

蘇茲達爾和弗拉基米爾城周圍共有數萬戶農民家庭，理應足以抵擋侵略者，但他們沒有這麼做，沒有起身反抗，也沒有到修道院牆外保護神職人員。他們厭惡神職人員。但必須注意，他們不是恨神，而是恨壓迫他們的人。他們愛神、敬神。

因此，人民才未守衛弗拉基米爾城。

拔都等了六天才突襲弗拉基米爾城。他等著消息傳遍全城：他們不抓百姓，只抓壓迫他們的人。

他等著在一天內拿下這座固若金湯的城市，還為此前往蘇茲達爾，這從軍事的觀點看來並不重要，不過這讓當權者失去了人民的支持。

金帳汗國人後來做了什麼？

他們找不到比與神職人員合作的公爵更好的管理者、徵稅者，所以讓公爵有權治理俄羅斯人民並徵稅，但一部分的稅收必須繳給汗國，但多數修道院享有免稅待遇。

我說的都有具體的史料證明。為了避免有人指責我、科學家或非教會的歷史學家，以下直接引述教會的文獻。

聖母庇護女子修道院出了一本不錯的史書（受弗拉基米爾暨蘇茲達爾牧首葉弗洛奇亞祝福），內容寫道：

蘇茲達爾首位主教聖費多爾來自希臘家族，九八七年隨著君士坦丁堡的聖米歇爾抵達羅斯。

聖米歇爾在科松為弗拉基米爾大公受洗，後來成為首任基輔牧首。九八八年基輔公國受洗，獲得等同使徒封號的公爵帶著幾位兒子和聖米歇爾到羅斯各大城市積極傳教。切爾尼戈夫、別爾哥羅德、佩列斯拉夫爾、諾夫哥羅德、弗拉基米爾沃倫斯基等地陸續成立了牧首區。

從這份文獻和其他史料可以看到，國外的意識形態如雨後春筍般在羅斯境內出現。這些意識形態借助傭兵和公爵侍衛的力量，開始傳遍俄羅斯各地，破壞存在數千年來的根基，灌輸對他們有利的意識形態，並且安插外國人治理城市。

很多史料記錄人民如何起身反抗，不過看來他們不夠有組織，沒有想到會被自己的公爵背叛。

公爵的背叛造成羅斯被外國勢力大舉入侵。最悲慘的是，他們還是以神的名義入侵，這樣瀆神的做法令人不敢相信！

有沒有可能是弗拉基米爾公爵和君士坦丁堡的主教真心相信基督的誡命呢？但後續的發展顯示了他們真正的主人完全站在神的對立面。他們是這個對立面的僕人，擅於操弄人心，使人民的心靈與意志臣服於他們。他們不斷洗腦人民：「你是神的奴隸。」但言下之意是「你是我的奴隸」。人民漸漸忘記神從未也不可能有奴隸，人是神的孩子，最愛的孩子。

本集的引言全部來自歷史文件，不是從什麼最高機密的資料庫取得。我還付了十五盧布的門票進入國立博物館、三十盧布買展覽攝影證，拍攝的都是公開的展品，其中一份資料叫做「宗教封建地主修道院」。

這絕非唯一的國家官方史料，這樣的資料很多。

舉例來說，有個史料具有極大的影響力，尤其是對年輕人，那就是教育出版社於二〇〇三年出版、俄羅斯聯邦教育部推薦的中學十年級課本。這本書的出版品質很好，編輯包括薩哈洛夫（A.N. Sakharov）和布甘諾夫（V.I. Buganov）。第六十三頁寫道：

在該時期，教會迫害人民既有的自然信仰文化，與羅馬的基督教會分道揚鑣，將其稱為「拉丁教會」，認為他們違背教義。這讓羅斯與天主教國家的關係受到負面影響，導致羅斯與西歐文化隔絕。教會組織開始實施奴役制，某些教會和修道院甚至向人民放高利貸、迫害人民，教會還有活躍的政治份子涉及政治算計。因此，教會經常出現言行不一的情況，導致民眾不滿。

同本課本還提到九八七年讓羅斯受洗的弗拉基米爾公爵是「斯維亞托斯拉夫與僕人瑪露莎所生的兒子，所以他在公爵的所有兒子當中，只有次等的地位。」

課本接著寫道：「弗拉基米爾在異地征戰兩年多，接近諾夫哥羅德時已有一支強大的瓦良格人軍隊，接著迅速控制諾夫哥羅德並準備南征。沿路上，弗拉基米爾攻陷波洛茨克，殺死控制該城的瓦良格王公羅格沃洛德和他的幾個兒子，並強娶他的女兒羅格涅達為妻。」

課本中還提到基輔公爵亞羅波爾克——弗拉基米爾的弟弟——找他談判的情況：「他剛走進大廳，即遭弗拉基米爾的貼身侍衛刺殺。」

課本另也描述受洗及將一成人民稅金繳給教會的聖禮義務。值得注意的是，當時教會隸屬於君士坦丁堡主教區，羅斯並無自己的主教區，所以俄羅斯人民的稅金有一成是繳給了君士坦丁堡。

不正是因為有這些史實，我們才能回答以下這個問題嗎？彼得一世關閉全國三分之一的修道院、為了製作砲彈而將教堂的鐘熔毀時；葉卡捷琳娜二世將修道院土地世俗化（徵收），導致原本富裕的修士被迫乞討、活在沙皇的施捨下時，為什麼沒有人民起身捍衛教會？又或者是布爾什維克黨殺害神職人員、轟炸教堂時，為什麼部分的人民也加入掠奪教會財產的行列呢？

以上對於教會的描述都有具體的史實和史料依據。我希望能在教會各階層中喚醒那些思路清晰的成員和聰明的長者（我相信一定有），希望他們著手將現代教會改革成為高度靈性的機構，有能力幫助社會脫離經濟和精神危機。

愛與國防

讀者可能會想，羅斯遭到佔領與愛有何關係？關係顯而易見。君士坦丁堡的勢力攻陷俄羅斯領土、奴役俄羅斯農民、禁止有助於形成愛的儀式，這無異於阻礙俄羅斯人組成穩定且互愛的家庭，特別是祖傳聚落。實際上，農奴制幾乎是在一瞬之間被引進的。

農奴之間的愛通常不幸福。

想要留住年輕人心中激發出來的愛的感覺，需要擁有自己的空間。如果沒有，愛通常也會離開。但農奴能有什麼空間？什麼都沒有。

我們一起思考一點：為什麼羅斯出現公爵前的數千年間，沒有人能夠攻佔我們的領土？畢竟之前有埃及大軍、羅馬帝國軍團，但這些訓練有素、武器精良的軍隊始終無法攻陷我們的土地。要回答這個問題，我們來想像一下成吉思汗的軍隊入侵了公爵出現前的羅斯。

當時我國境內的人民幾乎都住在祖傳聚落。不管兵力多少，只要軍隊靠近，他們就會為了延續及保護家族，將部分的糧食藏起來，帶著另一部分的糧食和家畜進到森林，馬和牛則幫他們載運家族的所有物。

敵軍能夠深入的程度全取決於他們準備的糧食是否足夠，但這只會讓他們邁向死亡之路，要回頭是不可能的。

他們無法在森林裡打獵，因為這樣必須分散行動，否則大批軍力肯定會嚇跑獵物；但他們分批深入森林後，一下就會掉入陷阱而死。

他們將虛弱的戰馬當作主要的食物來源，造成馬的數量銳減，軍隊移動成了問題。

我們的祖先會在敵人撤退的路上，包括森林及河水裡，設下各種精良的陷阱。舉例來說，他們把樹枝多刺的大樹沉到水裡，一端綁著線固定在對岸。有船接近陷阱時，樹木就會浮起來，讓船困在樹枝間，樹木再沉到水中使船翻覆。他們此時就能趁機從對岸朝敵軍萬箭齊發。

但當散開的船隻集合完畢、士兵上岸後，卻什麼人也沒看到。

當時的人會殲滅入侵家園的敵人，因為他們有值得守護的東西。他們的家鄉不是什麼抽象、沒有祖傳土地的漂亮詞彙，他們都有祖傳的土地——一個祖先住過、現在他們與家人和子子孫孫生活的土地。

他們的家庭有愛，他們保護自己深愛的母親、父親和孩子，他們保護愛！所以沒有人擊敗得了他們。

7 被人抹除的俄羅斯

我和阿納絲塔夏的祖父靜靜坐在車上，等到遠方出現蘇茲達爾的建築物時，我才開口說：

「您看，那是蘇茲達爾，歷史將近一千年的城市，以前是弗拉基米爾蘇茲達爾公國的一部分，事實上也是當時的宗教重鎮。」

「為什麼你要去那裡，弗拉狄米爾？」

「我想再參觀博物館，看看古代的建築，瞭解過去一千年的生活樣貌。」

「進城之前就能試著瞭解了，城市附近的一切都很值得仔細觀察。」

「這附近都是農田和零星的聚落，沒有什麼資訊能幫助我瞭解。」

「弗拉狄米爾，先停車吧，我們不該邊開車邊聊天。」

「不用怕，我開車技術不錯。」

「我不是怕。我知道，那我最好不說話了。」

我停在路邊，後來才明白我確實不可能邊開車邊聊天，因為就像阿納絲塔夏一樣，她祖父講話時偶爾會有特別的語調，使聽的人看得到可見的景象，彷彿半空中出現全像投影那樣。這種說話方式可以讓人看到過去或未來的景象，阿納絲塔夏上次向我展示另一顆星球上的生命時就是這樣。很難判斷這種現象背後的原理是什麼，可能是催眠，可能是祭司層級擁有的神祕能力，也可能是古代所有地球人都有的能力。優秀的演員在台上也能利用語調和自身經歷，在觀眾面前創造各種景象和畫面。他們創造的雖然不如阿納絲塔夏那般生動清晰，但這些演員透過演技證明了人類具備這樣的能力。

看來古代人不需要電視，什麼與電視有關的人員、技術，甚至衛星都不需要；看來現代人失去了這種神賜的天生能力，用遠遠不如它完美的笨重人造物品取代，還沾沾自喜地將此稱為重要發明。

但最可悲的是，現代人開始喪失邏輯思考的能力。這不僅是可悲的事實，可能還是最可怕的傳染病，將現代人變成一群發瘋的嚙齒動物，吞噬彼此並破壞周遭的生態——自我毀滅的嚙齒動物。

阿納絲塔夏祖父在農田告訴我的事情值得深思，我做了以下結論：地球人失去邏輯思考的能力後，再也無法看見及理解自己究竟身陷何種艱難的處境。你們自己判斷吧。

我將吉普車停在路邊，灰髮的老人家下車走進農田，我跟在後面。他忽然停下腳步、深深一鞠躬，口中唸唸有詞：

「向你們的思想和志向問好，好心人。」

他非常真誠地說完這句話，聽起來彷彿真的有人站在他的面前。後來發生了一件我至今仍不知如何命名的現象。

起初空氣出現一些騷動，地上冒出幾乎看不見的霧氣，看起來正在聚集，不久後竟變成了輪廓明顯的人形。人形越來越清晰，接著我們面前出現了一位體格強壯的老翁。他棕色的頭髮上綁著頭帶，表情鎮定，眼神卻略帶悲傷。在他後方的遠處可以看到數座花園、樹叢和美麗的木屋，剛才空曠的農田現在彷彿住了很多家庭。

站在我們面前的男人以聽不見的聲音對西伯利亞老翁說了些什麼，周圍的景象持續了數分鐘，接著慢慢消失，彷彿被某個隱形的人抹除似的；真正的羅斯被抹除了，不是什麼想像出來的羅斯。眼前的景象完全消失時，阿納絲塔夏的祖父轉身望向蘇茲達爾。他靜靜地看著城市許久，後來轉身問我：

「弗拉狄米爾，你認為遠方那座城市最初的用途是什麼？」

「這有什麼好想的？根據歷史，誰都知道那座城市聚集了很多神職人員，前幾任基督教會牧首都住在那裡，現在還保留了當時菁英階級居住的修道院和堡壘，這是歷史事實。」

「的確是歷史事實，但俄羅斯所有的古代城市都有兩個歷史，其中最原始的歷史比較重要。」

「我們應該沒有辦法知道最原始的歷史了吧。」

「可以，弗拉狄米爾，你現在要用邏輯判斷歷史，甚至還能親眼見證。但首先你要自己在腦中想出這些城市出現的原因，以及它們最初的用途。」

「我想用途在於群體生活對他們而言比較容易，可以抵擋敵人的入侵。舉例來說，蘇茲達爾除了神職人員和菁英階級，還有很多工匠，他們製作馬具、板車、雪橇、陶罐、犁和耙，靠販賣這些東西維生。」

「賣給誰？」

「當然是農民。」

「這就對了，他們把自己製作的東西賣掉，或拿來交換農作物，所以近郊很多家園的農作物流進了城市。」

「沒錯。」

「但你覺得哪個先出現、哪個最重要，家園還是城市？」

「我想是家園，建築工和工匠每天都要吃飯，假使他們在開闊的農田上興建城市，就沒有食物來源了。」

「是的，所以我們得出了一個結論：一千多年前，這座城市周圍的農田都是美麗又富裕的家園，蘇茲達爾現在的位置以前是他們的廣場。」

「什麼廣場？」

「大家會在特定的日子從四面八方來到廣場的市集，他們到此交換商品、取得必需品及交流經驗。他們舉辦盛大的慶典，其中還有幫助大家找到伴侶的遊戲。

「家族的長老還會在此召開市民大會，通過不成文的生活規範。他們可以譴責犯錯的人，但這種情況相當少見。他們的譴責比任何體罰還要可怕。」

「這整個地帶由誰管理？」

「差使，我找不到其他適合的詞了。差使為廣場的管理員，但其實不負責管理，只是代為執行長老的決定。

「舉例來說，如果長老決定裝馬栓、鋪新路或蓋大穀倉，會從每座家園選人執行他們的決定。差使有時必須去找與他類似的雇工。

「差使也負責維持廣場的整潔，像是在市集結束、人潮散去後，他們要把馬栓弄正、清掃所有馬糞。這些工作由差使和助手負責，如果他們做事不認真，長老可以解雇他們，他們就得到別的廣場找工作，或者留下來降為差使的助手。當時長老很難找到人願意擔任差使，因為幾乎所有人都想留在自己的家園，所以廣場差使有時是從國外雇來的。

「羅斯出現公國前，吠陀羅斯制度持續了數千年，這種制度優於現行的所有政府制度，且當時擴及地球上的所有大洲。

「當地球陷入腐敗，埃及和羅馬出現了奴隸制，只有羅斯的吠陀羅斯還維持了五千五百年。」

「吠陀羅斯制度究竟怎麼腐敗的？」

「你比較想知道羅馬、古埃及還是羅斯？不過這些地方的情況大同小異。」

「如果大同小異，那還是講羅斯吧。我已經知道羅斯遭到外力入侵，偉大文明的傳統和文化在這個過程中遭到消滅。」

「確實有外力入侵，但那不是唯一的因素。吠陀羅斯制度先在其他國家變質，當時沒有外力入侵、沒有軍隊、沒有戰爭，因為根本沒有理由打仗。所有土地全由美麗的家園組成，人民擁有最高的文化和觀念，人人都知道強摘或偷拿其他果園的果實不只是不當的行為，對自己也沒有好處，而且危險。

「只有自願、真心給予的果實對人才有好處。

「靠欺騙或蠻力拿走別人家園的動物也是不好的行為。牛不會讓陌生人靠近，別人的狗更不會友善，反而有敵意；如果馬不是你的，牠還會在你騎的時候趁機甩掉你。

「有了這些觀念，誰還敢入侵？入侵成了無稽之談。腐敗主要來自無知，正確來說是背叛，小至背叛祖先的文化和生活方式。一個家族可追溯至久遠的祖先，這樣的連結將我們引導到神那邊，所以背叛祖先的人生意義等同於殺死自己體內的神。

「沒錯，羅斯的人民確實被祭司完善的手段欺騙，而且這些手段至今仍然持續發揮作用。當時的長老沒有發現細微的變化，導致現代的子孫仍須為他們的過錯付出代價。」

8 長老的過錯

從差使到公爵

當今世代之初，很多國家已經出現帝王、法老或沙皇。大國交由一人統治的型態違反自然，從未也不可能為地球上的任何民族帶來良好、幸福的生活。這種型態只是有利於祭司，讓他們透過統治者操控各國，畢竟要一下與整個民族談判很困難，與一人協商則簡單多了。

唯有在羅斯，他們一直無法推行寡頭政治。羅斯的所有人民都是由家族長老成立的大會領導，這些大會不可能被收買或受威脅而做出傷害人民的決定，畢竟誰會去做傷害孩子的決定呢？

祭司的助手曾多次嘗試讓一個人統治人民，在各地使出各種狡詐的手段，極力建立由公爵統治人民的政權。

就以這裡發生的情形為例。

某天，有位來自遠方的外來者來到現在蘇茲達爾所在的吠陀羅斯廣場。如同對待其他智者、流浪藝術家和工匠一樣，當地民眾也供應他吃住。

外來者住了兩個星期，卻什麼有用的事都沒做，於是管理廣場的差使問他：

「外來者，你能為廣場做什麼有用的事嗎？」

外來者回答他：

「沒有，不過我能幫你很大的忙。我聽說長老對你不滿意，半年或一年後就會把你趕走。如果你聽我的建議，那些長老肯定會爬過來跪在你的面前，到時你就能從任何家園挑選少女娶妻。現在她們沒有任何人想與你生活，不過我可以幫你的忙，讓你以後可以全權做主，不需再執行家族長老的決定。」

負責管理及清掃廣場的差使答應繼續聽下去，祭司派來的外來者接著提議：

「當周圍的居民來廣場市集並待到隔天的那個晚上，你用刀割傷自己的臉，然後帶著信任的助手騎馬離開廣場，隔天傍晚前再騎著累壞的馬回來。我晚上會和我的助手（他們已經到了此地，假冒成工匠和藝術家了）把綁在馬栓的馬牽走，你到隔天傍晚再把這些馬帶回來，假裝是從壞人手中搶回來的。這時你再以長老自己的安全為由，要求他們組成武裝衛隊，他們看到你們受傷的樣子肯定會答應的。你要讓我的夥伴加入衛隊，他們全部任你使喚。」

差使答應了這個壞事，全部照著外來者的指示行動。

傍晚前，「受傷」的差使把失竊的馬帶回來時，發現外來者的助手不只把馬偷走，還殺了三個人、燒掉鍛造房和穀倉。「受傷」的差使來到長老面前，描述自己和助手如何追捕壞人，但是寡不敵眾，幾位助手因此受了傷。他要求長老給予資源組成精良的衛隊，並且讓他能夠以全體安全為由自行做主。

長老被這種前所未見的壞事嚇到了，於是答應組成衛隊。不過，他們不願意讓自己的兒子離開家園，所以建議找外來的人組成衛隊，再由每個家園支付酬勞。其他廣場也效仿他們的做法，紛紛組成衛隊。

取得權力的差使漸漸變成公爵，彼此爭戰不休，向長老辯稱這是為了必要的防衛而作戰。這些公爵認為自己擁有很大的權力，但事實上，他們數個世紀以來都是完全遵從祭司的建議行事，甚至對此渾然不知。這樣的權力體系自然而然形成，差使依舊是差使，只是換了主人而已，而且新的主人對差使異常地殘酷。

幾千年來，祭司的差使自相殘殺、陷害彼此，權力慾望越來越大。

你從歷史也清楚知道，公爵掌權的路上需要犧牲多少性命，甚至殺害父親和兄弟也在所不惜。世界各國都有這種情況，甚至到現在也沒有改變多少。

所以羅斯也出現了公國時期，比其他國家晚了很多。接下來的歷史你也知道了，這些衛隊至今仍然存在，依然為別人效勞。

裝備和武器可能不同，但本質不變。惡行不減反增，而且越來越高明。

長老犯了錯，而你們在組黨時可不要重蹈覆轍了。

不要重蹈覆轍

「長老究竟犯了什麼錯？雇用外來傭兵組成衛隊嗎？但現在事實就是如此，一個國家不能沒有警察和軍隊。」

「弗拉狄米爾，衛隊不是主因，原因出自更深的心理層面。

「我不知道怎麼講得更清楚，過錯在於遺忘祖先的教誨——神的教誨。你自己想想看，神給了每個人相同的權力，所以中央集權的社會制度是不可能完美的，每個人都應擁有相同的權力。

「當你把票投給別人，這其實不是給予權力，而是讓對方置身對現行制度的依賴。你心甘情願放棄了神所賦予的權力。數個世紀以來，多數人的心態都扭曲了，認為統治者和政府必須幫我們解決重要的問題，他們從未思考生命的秩序。」

「你是說我們現在不能投票嗎？這樣是組不了黨的，我們依法必須投票。」

「有規定就投吧，但要確保沒有人可以控制別人的生命。」

「如果您是說吠陀羅斯那種市民大會，這可完全做不到。大家無法為了開會一直大老遠跑來，而且這種政黨連登記都不會通過的。」

「為什麼一定要跑來開會？你們可以善用現代的所有發明啊，電腦等任何通訊設備都行。至於登記，這對由多數人民組成的政黨不是很荒謬嗎？你們自己要成為登記員。

「總之登記不是重點，重要的是不要允許所謂的中央集權。就算你們的法律規定如此，也一定要謹慎選擇中央代表，不能讓他們控制金錢，反正財產不能集中一處。」

「但政黨依法必須投票選出中央委員會。」

「那就把所有黨員選進去，或每十人選一人。」

「這要好好想一想。您當初說政黨最大的任務是幫家庭找回愛時，我很生氣，以為您在取笑我，想讓我變成眾人的笑柄。」

「我知道。」

「但是現在，這個問題我想了很久，得出了一個結論：事實上，這不該只是其中一條宗旨而已，而是政黨最大的目標。想要找到另一半，必須建立特定的條件、安排特殊的活動，我們也必須公開古羅斯的儀式。解決這些問題不僅需要科學，還涉及了文化與意識形態的宣傳，必須在國家層級上解決。任何國家的文明程度應從國內有多少幸福、彼此相愛的家庭決定。」

「恭喜！」

「恭喜什麼？」

「恭喜你明白這點。」

「現在恭喜還太早了，我不知道要怎麼擬這個宗旨，才不會讓黨章、我和未來的政黨淪為笑柄……」

「就讓他們笑吧。」

「那怎麼行？如果被人嘲笑，有這種黨章的政黨肯定只會有我一個人，最後變成黨章可笑又登記失敗的政黨，而且只有一個人——平凡無奇的黨員——支持。」

「怎麼會只有一個？兩個呀，我也會支持。我們可以籌錢，把自己當作執行秘書。」

「您是認真的嗎？難道您也要入黨？」

「不是，我沒有要入黨。就像你說的，我在你們的法律下沒有公民身分。

「我會在泰加林這邊全心全意支持家鄉黨。

「萬一真的只有我們兩人，你也要記得所有偉大的事蹟都是從一個人開始的，不是一群人。幾年後，社會就不會再笑你，反而笑他們自己，而且是幸福地笑。」

「好吧，我試試看，我再想想怎麼寫，也會請我的讀者思考。」

「如果我是你，弗拉狄米爾，我會請阿納絲塔夏跟我多說說結婚儀式，畢竟吠陀羅斯人的結婚儀式是從出生開始的。」
「結婚儀式怎麼可能從人一出生開始？」
「吠陀羅斯人認為出生不是指肉體的出現，而是愛的萌芽。現在世界上或許沒有人能像阿納絲塔夏一樣解釋這點，你去請她重現一個吠陀羅斯家庭的生活樣貌吧。」

＊＊＊

我就不說我是在哪裡、怎麼跟阿納絲塔夏見面了，而是直接轉述她如何說明某個吠陀羅斯家庭對愛的態度。

如果你能明白及感受到他們愛的文化背後的意義，就會知道吠陀羅斯儀式有多大的智慧和宇宙觀。

9 造物者的最大禮物

小朋友的戀愛

阿納絲塔夏一開始以孩子般的喜悅和靈感，講起吠陀羅斯中與愛的能量有關的儀式：吠陀羅斯的活動就是永無止盡的學習，這是一所偉大又快樂的學校，專供有意識的人類學習。

吠陀羅斯的所有慶典都可當作頭腦和能力的考驗，對年輕一輩算是充滿智慧的課程，對成年人來說則為複習。即使在收成日也必須工作，吠陀羅斯人依然開心，因為這些工作都有超乎物質的意義。

你看，弗拉狄米爾，今天是割草日，天氣相當晴朗。整座村莊不分老少都趁著日出時分走向草原。你看，那裡有兩輛板車載著一家人，老人則獨自待在家裡，以免家裡的動物會想念他們。

年輕的小伙子騎在只套著馬軛的馬背上，手裡抓著長繩將草堆拉往同一個地方。年輕的男子漢在板車上拿著大鐮刀，刀面朝上。妻子和年紀稍長的孩子則拿著耙子坐在旁邊，準備將男人割下來的草耙成一堆。

板車上還有一些幼兒，為什麼他們要跟著呢？原因很簡單，就是好奇，可以和大家在一起，一同嬉鬧、玩樂，他們還能觀察大人工作。

他們不會穿得破破爛爛，你看他們穿著白色襯衫，女人穿著繡有圖案的洋裝，辮子上還綁著花。為什麼他們穿得一副要去慶典的樣子？

弗拉狄米爾，答案在於他們根本不用割草，每戶人家在自己的家園中都有乾草。當然，和大家一起儲存更多乾草也是無妨的。

重要的是，這種集體活動的背後目的是要讓別人看到自己工作的樣子，讓人可以默默地觀察彼此，讓年輕的男女有機會在活動中認識彼此，所以連鄰村的年輕人都會開心地來割草。

開始了，你看！

手持鐮刀的男人步伐平穩、排成一路，不能有人脫隊。他們的妻子一邊唱歌，一邊將昨天割下的草堆耙平曬乾。年輕人把乾草集中起來，讓年紀稍長的人做成乾草堆。

你看乾草堆上站著兩個年輕小伙子，一個十八歲，一個二十歲，他們正把六個少女遞給他們的乾草堆起來。

他們脫掉上衣，曬黑的身體已經流滿汗水，但仍然全力以赴，不想落後底下喜笑顏開的少女。

乾草堆上有兩個人，底下理應只能有四位少女，現在卻有六位，她們有說有笑地想用乾草淹沒少年。

少年的父親來到乾草堆旁喝水，看到兩個兒子努力跟上六位少女的速度，但根本應付不來。在這群手腳伶俐、哈哈大笑的少女中，說不定有兩個會成為他兒子的妻子，所以他喝完水後對著上頭的兒子大喊：

「嘿，兒子啊，我不想割草了，不如我上去幫你們吧？畢竟下面有六個人，不只四個。」

「為什麼？爸爸。」哥哥回答，但沒有停下手邊的工作，「這裡有我和弟弟兩個，我們身子都還沒熱夠呢。」

「我感覺都還沒醒呢。」弟弟接著說，偷偷地擦去額頭的汗水。底下嘻嘻哈哈的少女看到他的動作後，其中一人邊笑邊喊：

「小心，不要睡著後把全身都弄溼了！」

父親露出滿意的笑容，回到割草的隊伍。

這時四位青年手持韁繩，各上了一匹馬，從最遠的草原騎向乾草堆。

最後一匹馬上坐著年紀最輕的拉多米爾，他今年初夏才滿八歲，正往九歲邁進。但對他這種年紀來說，發育算是很好。

他不僅身高超過同齡的孩子，吸收知識的速度也比別人快，並且擅長各種遊戲。在這次的割草活動中，他很驕傲自己與年紀稍長的孩子分到一樣的工作。他絕對不能落後他們。

他以最快的速度綁草，馬兒也聽從他的指令。他騎在隊伍最後，但沒有一點落後。

在後方一點的樹林旁，可以聽到年紀較小的孩子正在嬉戲。當他們看到前方有馬拉著乾草時，所有人都為了坐上乾草而衝了過去。

孩子一窩蜂地往前衝，唯有一個四歲的女孩沒有跟上。大家都跑到乾草堆了，所以她決定走捷徑，直接穿越沼澤地。幾乎乾涸的沼澤仍可見到許多隆起的地方，小女孩跳過一個個土丘，卻在接近拉著乾草的馬兒時突然滑了一跤。膝蓋被樹枝刮破，洋裝和臉上沾滿了泥巴。她起身時又往後跌倒，接著覺得自己可憐而放聲大叫。

最後一堆乾草經過她的身旁，離她越來越遠。

穩重的拉多米爾聽到小孩的哭聲，停下馬兒，順著哭聲走到沼澤地。他看到一個小女孩渾身髒兮兮地坐在水坑哭得唏哩嘩啦，還用小手擦著自己臉上的淚水。

拉多米爾抓著她的腋下，將她從水坑抱到乾的地方站好，問她：

「妳為什麼叫呢，小朋友？很糟糕嗎？」

她邊哭邊解釋：

「我一直跑，一直跑還是追不上，最後還跌倒了。乾草都拉走了，只剩我在這裡。現在大家都坐在乾草上，我只能坐在水坑裡。」

「乾草沒有都被拉走呀，」拉多米爾回答，「我還在這裡，你看還有我的乾草。如果妳不叫，我就讓妳坐在上面，不過妳現在渾身髒兮兮的。好了，不要再叫了，我都要聾了。」

拉多米爾抓住女孩的裙角，將還沒濕掉的部分拉到她的鼻子前，嚴肅地說：「來，拿去擤鼻涕！」

女孩因為這個突如其來的舉動而發出「噢」的一聲，趕緊用雙手遮住下半身，然後擤了一兩次鼻涕，不再大哭。拉多米爾放下裙角，嚴厲地看著眼前這位髒兮兮、蓬頭垢面的女孩，然後對她說：

「妳還是把洋裝脫下來吧。」

「我才不要。」她堅定地回答。

「脫掉，我不會看的。我把妳的髒衣服拿去湖邊洗，妳可以坐在草叢等。這是我的襯衫，拿去吧。長度比妳的洋裝還長，可以蓋到腳跟。」

拉多米爾把洋裝拿去湖邊洗，小女孩就穿著他的襯衫，坐在草叢看他。

坐在草叢時，她突然有個可怕的想法。她記得爺爺曾對奶奶說過：

「隔壁村發生了一件非常下流的事情：有個沒出息的人去掀未婚少女的裙子。」

「掀裙子等於是把少女的一生都毀了。」奶奶嘆氣。

小女孩覺得自己一定也毀了，畢竟剛才這位素未謀面的少年掀了她的裙子。她看了看手腳，雖然看起來一切正常，但心中的恐懼感揮之不去。

如果爺爺奶奶認為掀裙子會毀掉什麼，那她一定也有什麼地方毀了。

女孩從草叢跳了起來，對著湖中幫她洗衣服的拉多米爾大叫：

「你！你這個下流又沒出息的人！」

拉多米爾挺直身體，回頭望向站在草叢中、穿著他衣服的女孩，問她：

「妳怎麼又再大叫了？我不懂妳這次想怎樣。」

「我說你下流又沒出息，居然掀未婚少女的裙子，毀了她的一切。」

拉多米爾看著髒兮兮的女孩好一會兒，然後笑出聲來，笑完後才說：

「妳聽過那首歌呀，不過妳搞錯意思了。沒錯，掀未婚少女的裙子確實不對，但我又沒有掀少女的裙子。」

「你有，你有，我就記得你掀我的裙子。」

「是妳的裙子沒錯，」拉多米爾贊同，「但妳又不是少女。」

「為什麼我不是少女？」女孩驚訝地問。

「所有少女都有隆起的胸部，但是妳沒有。妳沒有胸部，只有兩個不明顯的點而已，所以妳不是少女。」

「那我是什麼？」女孩困惑地問。

「妳只是小鬼頭。乖乖坐在草叢不要出聲，我沒有時間跟妳說話。」

他又走進水裡，將洋裝洗完擰乾、放在草地上攤平，接著對小女孩喊道：

「小鬼頭，來湖這邊，妳也要洗臉。」

她順從地走了過去，靜靜地讓他洗臉。少年說：

「現在坐到乾草上吧，我拉妳。」

「先把洋裝還我。」女孩小聲地要求。

「太濕了，妳先暫時穿我的襯衫。我幫妳拿洋裝，等我們到了乾草堆就會乾了，妳可以到那邊再換。」

「不要，把洋裝還我。」女孩堅持，「就算濕的我也要穿，穿在身上就乾了。」

「拿去，好好打扮吧。」拉多米爾把洋裝還給她後，往馬的方向走去。

女孩迅速地穿起洋裝，全速跟上拉多米爾的腳步，走到乾草前。

「喏，拿去。」她氣喘吁吁地說，「你的襯衫。」

「好，遇到妳也真倒楣，其他人都回去了，只剩我還要帶妳。坐上來吧。」

他扶著女孩坐上乾草，抓起韁繩往乾草堆的方向騎去。

小女孩穿著濕漉漉的洋裝坐在平穩的乾草上，一副喜上眉梢的樣子。她一個人坐在乾草上，不像其他人都是兩三人一起坐。她可以獨享這堆乾草，臉上散發幸福的氣息，彷彿忽然變成了女神。噢，多希望其他女生可以看到她一個人坐在上面，不是在隊伍之中……她看著拉多米爾騎馬的樣子，眼睛離不開他的背影。小小的心臟砰砰跳，一股暖流流遍全身。當然，這麼小的女孩無法瞭解發生了什麼事：她戀愛了。

噢，這是小朋友的戀愛呀！最純潔的一種，是神的禮物。不過為什麼有時來得這麼早，撥動孩子的心弦呢？為什麼？來得這麼早有何意義？其實早出現的愛背後有很大的意義，這點吠陀羅斯人相當清楚。

騎到乾草堆時，拉多米爾走到乾草旁。

「爬下來吧，別害怕，我接住妳。」

他將跳下來的女孩接住放到地上，然後問她：

「妳是誰家的小孩？」

「我是隔壁聚落的，我叫柳巴蜜拉。我和姊姊是來幫哥哥忙的。」她回答。

「那去找妳姊吧。」拉多米爾一邊回答，一邊走遠，甚至一次也沒有回頭看她。

她站在原地，全程看著他解開乾草、跨上桶子上馬，然後向另一堆乾草奔馳而去。

愛有如發展完全的家庭成員

小柳巴蜜拉跟著姊姊回家，大夥兒準備吃晚餐，但她不想坐下，而是走向奶奶求她：

「奶奶，我們去園子散步，我要跟妳說一件很神奇的事。」

父親聽到她的懇求後出聲反對：

「親愛的女兒呀，在家人準備吃飯時離開是不恰當的，尤其妳還把奶奶叫走……」

但父親在看到女兒的表情時卻露出了微笑。吠陀羅斯人知道那是小朋友戀愛的恩賜，他們懂得如何善待愛，將此視為上天給家人的禮物，所以不會嘲笑，反而給予尊重。

他們重視這種偉大能量的恩賜，愛的能量也因此萬分欣喜地迎向他們。

「妳和奶奶去園子走走、吃點漿果吧。」父親若無其事地說。

小柳巴蜜拉將奶奶帶到園子最遠的角落，請她坐在長椅後，迫不急待地講起故事：

「奶奶，我和幾個女生朋友去割草那邊玩，他們都跑去坐乾草了，但我沒有很想坐，所以一個人在旁邊散步。突然間，有個很帥、很善良的大哥哥停下了馬，走到我面前。奶奶，就像我跟妳這麼近一樣。他真的好帥、好善良。他站在我面前說：『小女孩，我要邀請妳……』不，他不是這麼說，而是：『小女孩，我不只是邀請，而是懇求妳騎在我的乾草上一會兒。』我坐了上去。妳知道他是怎麼了嗎，奶奶？」

「孫女啊，是要問妳是怎麼了吧。他叫什麼名字？」

「不知道，他沒說。」

「小柳巴蜜拉，把整個過程告訴我，老實把所有細節說給我聽。」

「老實說……」柳巴蜜拉低下頭，「其實是我跌到水坑，他幫我洗洋裝，然後讓我坐在乾草上載我，但沒有說自己叫什麼名字。他叫我小鬼頭，離開的時候也不回頭看我，一次也沒有。」小柳巴蜜拉說完後哭了起來，邊流淚邊說：

「我站在原地看他越走越遠，他都沒有回頭看我，也沒說他叫什麼名字。」

奶奶將孫女擁入懷中，摸摸她淡褐色的頭髮，彷彿摸著她心中的愛的能量。她接著唸唸有詞，似乎是在禱告：「噢，神的偉大能量啊！用祢的恩典幫助我的孫女，不要讓她幼小的心靈受到灼燒，給她共同創造的靈感吧！」

她對小柳巴蜜拉說：

「親愛的孫女，妳是希望這名優秀的少年永遠把目光只放在妳一人身上嗎？」

「對，奶奶，我就是這麼想的！」

「那妳這三年不能讓他見到妳。」

「為什麼？」

「他看到妳髒兮兮的樣子，覺得妳是愛哭又無助的小鬼頭，這是妳給他的印象。如果妳夠努力，三年後就會更成熟、漂亮和聰明。」

「我會努力試試看，但告訴我，奶奶，我要怎麼做？」

「我會把所有秘訣告訴妳，我的孫女。如果妳完全照做，就會比世上的所有花朵還美，而且人見人愛。到時不是別人挑妳，而是妳挑別人。」

「奶奶，我準備好照做了，趕快告訴我吧。」小柳巴蜜拉催促奶奶，著急地拉著她的裙角。

奶奶緩緩而慎重地對孫女說：

「必須早點起床，妳太愛賴床了。起床後，要跑到河邊用乾淨的泉水梳洗。回家後要吃點粥，妳現在每次都只吃甜漿果。」

「奶奶，他又看不到，我在家裡幹嘛這樣做？他又看不到我早上在河裡梳洗、在家吃粥。」柳巴蜜拉訝異地問。

「我知道他不會看到，但妳的努力會反映在外在美上，妳的身體也會更有活力。」

柳巴蜜拉努力照著奶奶的建議去做，但不是每次都能做到，尤其是第一年。如果她沒有做到，奶奶早上會坐在她的床邊說：「如果妳不跟著太陽起床、跑到河邊梳洗的話，今天就不能變漂亮了喔。」

柳巴蜜拉開始學會早起。到了第二年，她已經習慣這樣的作息，毫無困難地早起梳洗、開開心心地吃粥。

奶奶建議的三年只剩最後一個月了。附近村莊的人都去逛廣場市集，柳巴蜜拉和姊姊葉卡捷琳娜看著一輛輛馬車經過她們的家園。忽然間，一輛馬車偏離小路，來到兩個小女孩站著的大門前。車上的人是……柳巴蜜拉一眼就認出他來。在那群人之中，駕著馬的人正是他心愛的拉多米爾，他看起來更成熟了。

馬車在大門前停下時，小女孩的心跳個不停。

乘客中一名看起來是他父親的年長男子說：

「姑娘，妳們好，請代我向妳們的父母和長輩表達敬意。可否向妳們要黑麥汁喝呢？我們忘記帶了。」

柳巴蜜拉立刻衝進家裡，大叫：

「他們向你們所有人問好，罐子呢？裝黑麥汁的罐子在哪裡？啊，放在儲藏室冰著。」她衝向儲藏室，路上還打翻旁邊的水桶。她回頭以極快的速度對爺爺奶奶說：「別擔心，我等一下擦。」

她抓起罐子往門邊跑，出門前還停下來喘口氣，壓抑興奮的情緒，接著緩緩地走出門外，將黑麥汁拿給年長的男子。

父親喝黑麥汁的同時，她目不轉睛地看著拉多米爾，但對方看的卻是葉卡捷琳娜。

輪到他拿到罐子後，他將剩下的黑麥汁喝光，接著跳下馬車，將罐子遞給葉卡捷琳娜，並對她說：

「謝謝，這肯定是善良的人親手釀的。」

小柳巴蜜拉看著馬車駛離，然後跑到園子最遠的角落，躺在長椅上痛哭。

「怎麼又哭啦，小柳巴蜜拉？」奶奶走到她的身邊坐下。

小柳巴蜜拉一邊哭，一邊把事情的經過告訴奶奶：

「有人來我們家要黑麥汁喝，那個三年前讓我坐在乾草上載我的男生也在，他現在甚至更帥了。我用跑的把裝黑麥汁的罐子拿出來給他們喝，他們都說好喝。可是他喝完後，居然把罐子拿給葉卡捷琳娜。奶奶，不是拿給我，葉卡捷琳娜變成我的情敵了。他還跟她謝謝，沒有對我說。她這個大壞蛋，一定是趁我去拿黑麥汁的時候跟他聊天，還一直看他。他也看著姊姊，還對她笑。姊姊是我的情敵，大壞蛋！」

「為什麼要責怪姊姊呢？這不是她的錯，是妳的。」

「我錯在哪裡，奶奶？我做了什麼事？」

「仔細聽我說，姊姊在洋裝的袖子上繡了一個非常鮮豔的圖案，妳也想自己繡，但妳的洋裝上只出現歪七扭八的圖案。

「而且姊姊說話時會用詩句來表達，唱的頌歌比誰都好，反觀妳不想跟智者學習閱讀及創作詩歌。」

「妳喜歡的是一個聰明的男生，他肯定比較欣賞才貌雙全的女生。」

「奶奶，所以我還要再學三年嗎？」

「或許三年，但也有可能五年。」

真愛終有回報

十年後，拉多米爾和最要好的朋友一起逛假日市集。他的朋友有個奇特的名字，叫做阿爾嘉。

阿爾嘉擅長木雕和繪畫，作品個個栩栩如生。他也能用陶土做出唯妙唯肖的雕像，而這樣的天賦遺傳自爺爺，父親則傳授他工藝。

兩人對一排排的食物攤販沒有什麼興趣，也不想逛那些販售生活用品的攤販。事實上，大部分來市集的人都不是要買東西，而是與人聊天、認識、分享經驗。

兩人決定去看外地藝術家準備的精彩表演，這時突然有人叫住他們：

「拉多米爾、阿爾嘉，你們去看了沒？」

拉多米爾和阿爾嘉往聲音傳來的方向回頭，三個年輕人站在不遠處的一群村民之間開心地聊天，招手示意他們過來。

「看什麼？」拉多米爾走近時問。

「那件獨特的襯衫呀，布料摸起來很順手，還繡了非常少見的圖案，可能藏有什麼意義。」三人之中的一人回答。

另一人糾正他：

「襯衫很美沒錯，但賣的人更美，我從沒在任何市集見過這樣的女孩。」

「我們要去哪裡看這個奇景？」阿爾嘉問。

他們五個人走向賣珠寶、裝飾和華服的那一排。

其中一個攤販異常多人，大家都在看木製衣架掛著的一件美得出奇的襯衫。衣服在風中輕輕晃動，輕盈又柔軟的樣子異於粗糙布料製成的衣服，而且衣領和衣袖上的圖案非常精緻。

「這種圖案肯定是大師級的人物繡的。」阿爾嘉驚呼。

「別管什麼圖案了，快點擠進去看顧攤的人是誰。」同村裡的一位鄰居說。

一行人繞到人群的另一邊，設法接近攤子，最後看到一位少女。

她有一雙天空藍眼睛，棕色頭髮綁著辮子，眉毛如月兒彎，嘴角微微露出一抹微笑。她的動作輕盈，但看起來有某種能量在流動。一旦看到她，就很難將視線移開。

「她也善於言辭，說話像詩一樣，還會引經據典。」最高大的少年小聲地說。

「她看起來溫柔，卻又帶距離感，如同一座懸崖。」第二人說。「去跟她說話。」

「我沒辦法，她讓我簡直難以呼吸。」拉多米爾回答。

阿爾嘉先開口：

「姑娘，告訴我們，這件美麗的襯衫是妳織的嗎？」

「是我，」少女頭也沒抬地回答。「怕無聊時織的，好度過冬天的夜晚。我有時會在黎明時織。」

「這件衣服妳想賣多少錢？」為了再聽少女美妙的聲音，阿爾嘉又問。

少女抬頭望向幾位少年，這頓時讓他們彷彿置身九霄雲外。她的眼神稍稍停留在拉多米爾身上，簡直教他融化於藍天之中，覺得自己好像在一場不真實又不尋常的夢境中。

「多少錢嗎？我解釋給你們聽。」坐在攤車的這位美女繼續說。「我可以將這個東西無償送人，但那個人必須是善良又勇敢的少年。我只要求一個小小的回報當作紀念，譬如說駿馬。」

「果然是美女！回答真是高明，真有她的！」群眾間傳來驚呼聲。「把一匹馬說成小小的回報，果然是美女會說的話，無庸置疑。」

驚呼聲此起彼落，但人潮並未散去。後來群眾突然分成兩邊。

阿爾嘉用韁繩牽了一匹淺棕色種馬過來。牠性格火爆而難以控制，在原地不停地躍起、踢步。

「真的牽馬來了！是一匹好馬！難道他決定要讓出去？」民眾開始竊竊私語。

阿爾嘉走向攤車說：

「這匹馬是家父給我的。姑娘，我用牠跟妳交換襯衫。」

「謝謝，」少女冷靜地回答。「但我剛說過，大家也都聽到了，這件襯衫是非賣品，只拿來送你或其他年輕人。」

「啊哈，咱們的美女怕了。的確啦，那匹馬太火爆了，任何人都難以駕馭，那位年輕人也一樣。她原本以為會是溫馴的馬，」群眾開始嘲諷，「結果現在退縮了。大家小心啊，這匹馬既火爆又不受控制！」

少女露出狡黠的微笑看著大家，接著以出奇輕盈的動作跳下攤車。現場突然鴉雀無聲。少女曼妙的身材有如藝術家巧奪天工的作品，她的美在眾人面前一覽無遺。她微笑地看著馬兒，往阿爾嘉的方向走了三步，看起來彷彿飄了起來，腳幾乎沒有著地。

阿爾嘉驚訝地鬆開手上的韁繩，火爆的種馬騰起前蹄，但少女及時抓住韁繩。

接下來……大夥兒都不敢相信眼前的景象：少女迅速地用左手捏住種馬的鼻孔，然後放開韁繩，右手開始輕撫牠的鼻子和嘴巴。火爆的馬突然冷靜下來。她要馬低下頭，馬剛開始有些抗拒，但依舊低下頭，越來越低，越來越低……最後竟然跪在她的面前。

一名灰髮老翁從人群中走了出來：

「只有老一輩的智者才知道如何馴服這樣的動物，更何況並非所有智者都會。妳只是一個年輕的少女，妳叫什麼名字？誰家的小孩？」

「我叫柳巴蜜拉，隔壁聚落來的。誰家的小孩嗎？我只是無名小卒，是我爸的女兒。他正好來了，我嚴厲的父親。」

「我要是嚴厲一點就好了，」回到攤車的父親說，「妳這次又做了什麼呀，小柳巴蜜拉？」

「沒事，只是稍微跟這匹種馬玩了一下。」

「玩了一下？好了，讓牠走吧，我們也該回家了……」

愛，也在吠陀羅斯學校裡當老師

這幾年來，柳巴蜜拉做了什麼？為何在一夕之間變得如此聰明靈巧？因為她在吠陀羅斯學校學習。

每個人從童年到老年都在這個學校學習，而且每年都有考試。這個學校的課程從創造之初就具有所有的細節，並且隨著世代越來越豐富。人在不知不覺中習得智慧，裡面的課程與現代學校不同。

弗拉狄米爾，你跟我說過你們有一種說法：小朋友如果調皮搗蛋、沒禮貌又有壞習慣，你們就說他在街上混太久、太自由了。

吠陀羅斯的人不怕給孩子自由，人人都知道節慶和儀式制度都設想得很仔細、周到，自然可以吸引所有的小孩為此專心準備。他們看起來雖然在玩，但其實從中學到很多知識，而且通常無需大人協助。

吠陀羅斯學校的考試就像是一系列的慶典和遊戲，大人在這些活動中指導小孩，同時也從他們身上學到東西。

以冬季頌歌節為例，小朋友會在這段期間挨家挨戶唱著頌歌。歌詞、旋律和舞蹈都是他們自己編的。

小朋友很早就開始準備這些表演，誠心地跟長輩、家人、智者和彼此學習，希望能寫出更好的詞、學會唱歌和編舞。

當然不是每個小朋友的能力都一樣，學習速度較慢的小朋友會請父母帶他練習。父母有時還會善用孩子的求知慾，先請他們幫忙家務。

舉例來說，孫子可能會纏著奶奶說：

「親愛的奶奶，唸詩給我聽好不好？拜託唸詩給我聽。我不想落後別人，不然他們不跟我一起唱頌歌了。」

奶奶則回答：

「我有好多事要忙，不然你先幫我吧，這樣我晚上就能唸詩給你聽了。」

孫子便會很樂意幫忙，然後專心聽奶奶唸詩，努力記住她的所有詩句和旋律，甚至拜託她教他跳舞。之後他還會拜託爺爺、媽媽、爸爸多教他一點。父母幫他上課時，他會很感激。

弗拉狄米爾，你把這種方法拿來跟現在的學校比較看看，就以文學課為例。

沒錯，完全不能比。吠陀羅斯的孩子從小便期許自己能成為詩人。吠陀羅斯一系列的歡樂節慶可以說是一種系統，幫助人認識宇宙，教導孩子簡單的生活智慧。

智者是行走世間的導師，將世界上發生的所有事情傳遞出去。吟遊歌者和詩人不僅提醒眾人過去發生的事件，也預知未來，頌揚充滿美好感受的世界，或者譴責行為不當的人。

每座聚落時常都有這樣的課程，但沒有人會逼孩子上課，反而是老師應該懂得如何吸引孩子去聽他要分享的科學故事。

數個世紀以來，這樣的制度讓指導孩子的智者不斷精進自我。

弗拉狄米爾，你問說：如果指導孩子的智者為了吸引他們的注意力，不去傳授科學，只跟他們玩遊戲呢？

如果真有這種情況，智者就會失去名譽。只要父母在家跟孩子聊過，就會馬上知道智者沒有傳授科學。智者行為不當的消息一傳十、十傳百，名聲敗壞的智者無論想拜訪哪座聚落，都會被要求離開。

小柳巴蜜拉心中尚未出現愛時，她都不想上智者的課或聽吟遊歌者和詩人的歌。父母雖然不逼迫孩子聽課，但會在適時暗示他們。

後來愛的能量壟罩著小柳巴蜜拉。吠陀羅斯的家庭都把愛的出現視為上天恩賜，幫助他們的新家庭成員，並且知道如何順著愛讓女孩過得幸福美滿。因此，奶奶才建議柳巴蜜拉去找智者學習，而且不是漫無目的地學習，是為了心愛的人而讓自己成為最棒的女孩。柳巴蜜拉答應了，決定下次有智者來教如何用美好的聲音唱歌時，她要和朋友一起去上課。

但她們期盼的智者都沒有來，所以柳巴蜜拉決定一有智者就去聽課。後來智者出現時，她去聽了各種植物的功用、植物的味道，以及如何用來治療人類。

「我為什麼要知道這些？根本不需要。」柳巴蜜拉心想，「所有人都知道怎麼治病，媽媽、奶奶和姊姊都知道。就算我比別人更懂藥草，我喜歡的人又怎麼知道？他根本不會發現。」

因此，柳巴蜜拉沒有認真聽講，只是坐在橫木上陪朋友上課，甚至中途離席，在林間空地閒晃。當智者講完課，大夥兒準備回家時，她特別高興。

不過老智者突然跟柳巴蜜拉說：

「小朋友呀，妳是不是對我上的課不感興趣？」

「只是對我沒什麼用，沒有辦法幫我達成心願。」小柳巴蜜拉小聲地告訴智者。

指導他們的智者露出淺淺的微笑。這位觀察入微的老翁完全知道女孩心裡在想什麼，於是告訴她：

「小朋友，妳說得沒錯，這些知識現在或許對妳沒用，畢竟妳還小。對年紀大一點的女生，我都教她們如何變美、為心愛的人創造愛的空間。當對方看見愛的空間，肯定會想知道是誰創造了如此偉大的美好。只要創造者出現在他面前，他就感到興奮無比。我還會傳授女孩們一些訣竅，告訴她們如何編織頭冠、為心愛的人泡草本茶、早上用什麼洗澡會讓身體散發花香。我還會解釋……」

小柳巴蜜拉聽著老翁說話，越來越後悔自己沒去上他的課。他已經在聚落裡待了一個星期以上，向很多女孩傳授她完全不知道的重要訣竅。柳巴蜜拉問老翁：

「您還會在這裡待很久嗎？」

「過兩天就要走了。」老翁回答她。

「兩天？」女孩毫不掩飾內心的失望。「兩天……那我求求您，拜託您剩下的兩天都來我們家過夜。」

「我已經答應去別人家過夜了，」智者回答，「不過妳真的這麼想的話……」

「對，我真的很想跟您學習不同的藥草。」

老智者兩天晚上都與墜入愛河的柳巴蜜拉聊天，他知道愛的靈感可以幫助女孩在一天內瞭解別人可能花一年還學不會的知識。智者離開時，柳巴蜜拉送他到聚落外圍。智者對她說：

「之後還有另一位智者會來你們這裡，他會講天上的星星、月亮、太陽和看不見的世界。只要聽懂，就能在天上為心愛的人點亮一顆指引星，那顆星星會永遠照亮他們兩人。

「再來是知道如何馴服野獸的智者，讓最頑固的馬聽從妳心愛的人並成為他的朋友。

「吟遊歌者也會來，他知道如何寫詞、唱歌，讓很多人一聽後先愛上他的歌聲，接著欣賞歌詞背後的意義。他還會教跳舞。」

「請您告訴我，哪些智者的課可以不用聽？」柳巴蜜拉忽然對智者說。「畢竟我不能把所有時間都拿來聽課。」

老智者又露出淺淺的微笑，嚴肅地對女孩說：

「說得也是，如果妳每次都去聽，就沒有任何時間玩樂了。妳不用全部都聽，比方說為什麼要學畫畫呢？為什麼要繡裝飾的圖案、賦予只有自己知道的意義呢？如果妳都有姊姊了，而且我相信她會成為這一方面無人能及的大師，那妳何必還學呢？

「比方說，為什麼妳要學如何在織襯衫時將好意注入其中，讓襯衫可以幫助穿上它的人抵擋很多厄運呢？

「或者為什麼要學如何帶著愛為至親準備粥，使粥不僅填飽肚子，還能滿足心靈呢？這種粥擁有無法超越的味道，不過妳姊認識的隔壁女生朋友做得很完美。

「如果妳想把漂亮的洋裝或襯衫當作特別的禮物送人，引起大家的驚嘆，妳可以拜託妳姊，她會幫妳做出絕美的衣服。

「又如果妳想請人吃粥或喝黑麥汁，妳還能拜託姊姊的朋友。」

「我才不會拜託任何人，」柳巴蜜拉突然開口，甚至跺腳，有點失去理智。「她們都是我的情敵！」

「情敵？怎麼會？」老翁認真地問。

柳巴蜜拉毫不害羞地回答老翁：

「有一個比所有人都好的男孩，可是他都不注意我，就是因為這些壞蛋早我幾年長大，還一直對他笑。我看到他們在廣場上跳圓環舞，你還要我把姊姊做的襯衫送他、姊姊朋友釀的黑麥汁請他？！不可能！絕對不行！」

「但為什麼不能？妳剛說他比所有人都好呀。」

「他是最好的，這點我很清楚。」

「那妳回答我，為什麼最好的男孩不能收到最好的襯衫、最好的粥和黑麥汁呢？而且……」老智者停頓了一下，接著似乎是對自己說：「我覺得他應該得到最好的新娘。」

「新娘？」柳巴蜜拉紅了臉。

「對呀，新娘。」智者回答，「妳難道不希望他好嗎？就讓他娶到最好的新娘吧。」

柳巴蜜拉看著智者說不出話來，心中充滿了有如火般的情緒。突然間，她跑了起來，但跑了一下又轉頭對著智者大喊：

「他的確該得到最好的新娘，而那個新娘就是我！」

＊＊＊

柳巴蜜拉興致勃勃地拜訪每位來到聚落的智者，總是第一個跑去聽課，最後一個離開，她提出的問題也常使智者感到驚訝。她記得智者說過的每一句話，這種學習成效只有在孩子不是純粹為了聽課，而是知道可以在何處學以致用時才能達到。

如果覺得學習過於繁重，反而會有負面效果。人一旦有了目標，而這個目標可以藉由學習各種知識達成，就會樂在其中，學習速度也能快上百倍。

當愛進入學習時，成效會變得無人能及。愛能夠瀏覽每位智者的想法，老師說幾句話就足以讓這個學生瞬間明白全部，甚至會發展出自己的想法。

愛是神的恩賜、偉大的能量，也是柳巴蜜拉學習的最大動力。

柳巴蜜拉在家也是無比好奇地看著媽媽或奶奶為家人準備晚餐，請她們仔細地解釋每個步驟，然後嘗試創作不同的料理。這個小鬼頭還真的做了很多意想不到的菜餚。

某年送冬節時，很多親戚來家裡吃布林餅。桌上有兩盤布林餅，一盤是媽媽和奶奶煎的，一盤是小柳巴蜜拉做的。親戚都比較喜歡她做的布林餅，而小女孩在遠處的角落，開心地看著她的布林餅比另一盤吃得還快。

平日全家人一起用餐時，爺爺總是率先拿起木湯匙喝蔬菜湯，他會說：

「我知道這湯是誰做的，美味又順口的味道沒有人比得上。」

「還有還有，」父親接著說，「這湯不僅有獨特藥草的花，還有一種感覺在裡頭。」

小柳巴蜜拉輕鬆地學習各種知識，成為比所有人都優秀的工匠，外表也變得亭亭玉立。

早從第一位智者開始，她便不自覺地明白了偉大的愛的真理：若想接近神，自己得先變成女神。

10 婚前活動

小朋友長大後，該是時候找對象了，而遊戲對年輕人的這個重要任務很有幫助。

吠陀羅斯的年輕人會選擇晚上在特定的地點聚會，通常離聚落不遠。他們點營火，彼此聊天或唱歌。另外，每週也有三至四個聚落聯合在中意的地點舉辦聯歡聚會，大夥兒一起點營火、唱歌聊天，有一些活動還特別可以幫助年輕人找到戀人。

遊戲看似簡單，卻蘊藏深厚意義。

小河遊戲

就以這個遊戲為例。年輕人兩兩一組，排成兩排，牽起對方的手後舉高。一開始男生牽男生、女生牽女生。第一組或沒有夥伴的人走到「小河」的盡頭，彎腰從大家舉起的手下方穿過、走到排頭。

穿過「小河」的人不能往上看，但可以隨意拍其中一人的手，使對方成為自己暫時的夥伴。被選中的人必須跟著走到排頭站著，落單的人則走到排尾，依照同樣的模式選伴。

遊戲很簡單，但你想想看，弗拉狄米爾，年輕人每次拍手時，不需言語就能傳遞很多情感，包括認可、感謝、愛意或甚至討厭。隨著遊戲進行，夥伴一輪輪換完後，就能輕易比較自己最喜歡哪雙手。

打油詩遊戲

這是其中最複雜的一種古老遊戲，現代還有人會唱的打油詩就是源自於此。

這個名為「打油詩」的聯誼遊戲是這樣玩的：兩排人面對面站著：一排男生、一排女生。最後一位女生先唱四句打油詩給對面最後一位男生，唱的時候還會搭配舞蹈。唱完後，其他女生迅速踏腳兩下、拍手三下，如果對面的男生來不及創作或想出適合的打油詩回應，女生就對著下一位男生唱新的打油詩。

如果男生來得及唱出適合的打油詩，兩人就持續用打油詩一來一往，但這種情況很少發生。

雖然吠陀羅斯的年輕人知道很多詩，但不是每個人都能在短時間內找到適合的打油詩回應，況且對面還有一群競爭者拼命用踏腳和拍手干擾。

在一次多個聚落聯合舉辦的聯誼當中，柳巴蜜拉也在場。拉多米爾的五位朋友在市集看過這位出眾的少女，此時一直偷看著她，拉多米爾最好的朋友阿爾嘉更是目不轉睛地盯著她看。

小河遊戲開始時，向來大膽果斷的拉多米爾走在大家的手下方，滿心期待想要牽起柳巴蜜拉的手，與她一組，但他卻臨陣退縮。走在兩排中間時，他感受得到柳巴蜜拉，即使閉著眼也是。但當他走到柳巴蜜拉與她對面女生朋友的中間時，他放慢了腳步，覺得自己彷彿身處夢境。然而到了最後一刻，他卻牽起隔壁聚落的一個男生。

他的朋友阿爾嘉反倒比較果斷，換他穿過「小河」時，他直接走到柳巴蜜拉前，牽起她的手，與這位出眾的少女一起站在排頭，讓所有男生好不羨慕。

後來大家紛紛問他：

「她的手牽起來怎樣？她有握緊你嗎？」

「不知道。」阿爾嘉回答，「我不太記得了，我只感覺我的手好像在灼燒。你們自己摸摸看，現在還是很熱。」

「這女生真了不起！」大夥兒驚呼，「她熱情如火，彷彿心中有股神祕的火焰在燃燒。」

拉多米爾從頭到尾不發一語，自從在市集第一次遇見這位絕色佳人，他的心中就已燃起愛火。每天一早開始，他便不停地想她，甚至夢見她，但在夢中也沒能摸到她。

拉多米爾樣樣精通，還被譽為詩人，卻忽然間找不到任何簡單的文字形容柳巴蜜拉。

打油詩遊戲開始時，他站在男生隊伍的中間，旁邊是他的朋友阿爾嘉。柳巴蜜拉靠近排尾，輪到她唱打油詩及跳舞時，她輕輕鬆鬆地唱出詩句，大家馬上明白，要贏過這個天資聰穎的女生是不可能的。

她可以馬上變換主題，唱出從未有人聽過的對句。雖然她的年紀最小，卻能一個個贏過對面的男生。

輪到阿爾嘉時，他雖然有點結巴，但還是想出一首四句詩回應這個聰明的女生。不過，柳巴蜜拉不用等到其他女生踏腳和拍手，便立刻變換主題，輕鬆地唱出新詩句，讓阿爾嘉措手不及，根本沒機會想詩句回應。

接下來換拉多米爾了。柳巴蜜拉對他吟詩，跟著詩句的節奏輕快地跳舞：

你勇敢又能言善道，
無所不知無所不曉。
還記得當年在湖畔，
你如何為我洗衣嗎？

有些人笑了出來，以為柳巴蜜拉在用對句開玩笑。包括拉多米爾在內，大家都不明白其中的意思；既然不明白，也就無法回應。

拉多米爾無法回應柳巴蜜拉。踏腳和拍手結束，代表沒機會回應了。他知道機會過了就不會再有，他不能讓這種事發生。他彷彿無法自拔地走向柳巴蜜拉，一步、兩步、三步，走到很靠近她的身邊。大家陷入沉默，不知道他為什麼要犯規。

拉多米爾靜靜站在柳巴蜜拉面前。忽然間，拉多米爾在現場一片沉默中，帶著渴望的語氣當眾說出很有吠陀羅斯特色的告白：

「美麗的女神，我能與妳共同創造永恆的愛的空間。」

大家靜靜地等著這位口齒伶俐的少女回應。

她卻突然嬌羞了起來，垂下炙熱的眼神，又再度往前看，接著淚珠滑落臉頰，輕聲地說：

「我準備好幫你進行偉大的共同創造了。」

拉多米爾終於認出這位奇特的少女就是當年在湖畔讓他洗洋裝的女孩。認出來後，他牽起對方的手。就這樣，兩人手牽著手，旁若無人地一起離開。兩排人面面相覷，靜靜地看著他們的愛走入永恆。

11 婚禮

弗拉狄米爾，你已經知道吠陀羅斯的婚禮，而且寫進《家族之書》中了。讓我提醒你這些偉大活動的真諦吧。

相愛的兩人必須一起替未來的家園選擇地點。一般而言，他們會先到男方和他父母所住的村落附近，再到女方的村落四周尋找。他們無需把計畫告訴父母，兩村的居民都能理解，知道一樁喜事即將來臨。

他們在所選的土地上（約一公頃以上）規劃實際的生活，想出住屋的設計和各種植物的安排，使萬物得以相輔相成。

柳巴蜜拉和拉多米爾很快就找到未來家園的地點。他們彷彿講好了一樣，各自走到村落外圍一處有小樹叢的地方，旁邊還有小泉源和涓涓細流。

拉多米爾之前來過這裡，他曾獨自坐在這裡，夢想未來、夢想與愛人的共同生活。

柳巴蜜拉則騎著自己的忠駒來過這裡兩次，沒有拉多米爾的陪同。有一次，她也不知道為什麼把馬停在溪邊、走向樹叢、放下頭髮、戴上頭帶，然後站在一棵年幼的白樺樹旁許久。

現在這對情侶一起站在這塊地上了。

「我很喜歡一個人來這裡，我想在這裡延續我們的家族。」拉多米爾說。

「我也喜歡這裡。」柳巴蜜拉輕輕地說。

隔天天才剛亮，拉多米爾就用板車載著十五根杆子、長柳條、木釘和長柄大鐮刀來到這塊地。他一開始割草，就看到柳巴蜜拉騎著馬往他的方向奔馳。拉多米爾見到她相當開心，心臟撲通地猛跳。距離尚未標示邊界的土地還有三公尺多，馬兒還沒完全停止，美麗的柳巴蜜拉便跳下馬來跑向拉多米爾。

「我隨著日出來向你問好，我的創造者。」她笑著對拉多米爾說，「今天是個好日子，我決定帶些有顏色的布條，把未來要種植物的地方標示出來。」

「謝謝妳讓今天更美好。」拉多米爾回答。

兩人沒有擁抱或接吻。吠陀羅斯人婚前不會做這些事，這背後有很深的意義：受孕以前，他們不會把擁抱和接吻當成習慣，這樣在受孕的時刻來臨時，他們的能量才能處於最高點。

他們不會指定要在什麼時候見面，兩人都在自己想去的時間前往選好的土地。每天一大清早，拉多米爾總是第一個到，柳巴蜜拉隨後才騎馬抵達。

一週後，拉多米爾已經搭好看似一間神奇小屋的棚子，二點五公尺寬、三公尺長。他將杆子插入土裡，用樹枝交互築牆，再用杆子和樹枝搭屋頂。

兩人最後將整個地方鋪上乾草，柳巴蜜拉則用織布蓋住內牆和天花板，然後鋪了兩張床：底層放草稈，鋪上乾草，最後再蓋上織布。

神奇小屋蓋好後，兩人經常在屋裡過夜，但沒有發生親密關係。婚前、「築巢」前發生親密關係，會被視為在侮辱未來的孩子。

何況，兩人還有很多事情要忙。拉多米爾帶了一塊寬木板，在上面刻出土地的平面圖，標明所有方位、日出、日落和月亮的升起，也記下日夜的風速和風向。

柳巴蜜拉常常走到土地的邊緣，站在那兒好長一段時間，在腦中想像未來怎麼栽種植物。她也會查看拉多米爾的平面圖，確認風和陰影不會阻礙植物的生長。

冬天時，柳巴蜜拉比較少來到他們愛的家園，而是在父母家中編織布料，帶著愛為拉多米爾繡襯衫。

拉多米爾依然常去未來的家園，繼續記錄風向和積雪。

這是吠陀羅斯人年復一年製作氣象曆的方法，每個家庭都有一塊這樣的木板，能夠精準描述隔年的天氣，甚至預測到兩三年後。或許你會覺得直接挪用父母的氣象曆比較方便，但這樣就不準了。每個地方的地形都稍有不同，小丘和樹林都有可能阻擋風吹向植物，冬天的積雪也不一樣。

春天時，拉多米爾和柳巴蜜拉已經想好家園的設計。兩人初春時一起住回小屋。現在的任務是用木樁、繩子和樹枝標出所有要種植物的地方，並就家園的設計取得共識。拉多米爾還要鑿井、圍井。

距離把樹苗種進土裡的時間還有兩週，這對情侶開始籌備起婚禮。

他們先後去新郎和新娘的村落挨家挨戶拜訪，邀請村民前來作客。每戶人家也是既期待又興奮地等候他們，每個人都想見證他們的愛，並且決定該為他們未來有生命的家準備什麼禮物。年輕的情侶走進他們的花園、庭院或住家時，不會對主人談天說地，只會對每個人各說一句話，例如：「噢，您的蘋果樹真漂亮！」、「您家的小貓看起來很聰明！」，或者「您家的熊勤奮又貼心！」。

聽到這對情侶對花園樹木或家中小貓的讚美，村民都會覺得那是他們對主人生活的認同，並表示他們也想擁有這樣的植物和動物。

村民不會邀請年輕情侶進屋或用餐，但吠陀羅斯人這樣做是有原因的，畢竟如果真的邀請他們進屋或用餐，他們也不會想要拒絕。然而，如果他們開始到處作客，便無法在婚禮前拜訪完所有家庭。

拉多米爾的兒時玩伴阿爾嘉卻稍微打破了這個規矩。當這對情侶拜訪他家、與他父親說話時，他突然跑了出去，從馬廄牽出那匹吸引所有村民注意的駿馬，他興奮地開口：

「請接受我這匹馬吧！柳巴蜜拉在市集馴服牠之後，牠還是和以前一樣，不讓任何人靠進牠。」

父親對他露出狡猾的眼神，然後說：

「阿爾嘉，也許是你自己不想讓別人接近並馴服你的馬吧？不知為何，你自己都還沒馴服這匹馬。」

阿爾嘉有點難為情地回答：

「我還沒馴服，是想讓這匹馬永遠自由，但我現在改變主意了，請接受我這匹馬吧。」

他將韁繩伸向柳巴蜜拉。

「謝謝，」柳巴蜜拉回答，「我不能接受這匹馬，牠有習慣的主人了，但如果牠生了小馬，我們會很樂意接受。」

年輕情侶繞完了一個個的家園，大喜之日終於到來，兩村的男女老少在黎明破曉時皆趕到指定的地點。

他們站在年輕情侶用枯枝圍起的土地四周。中央棚子的旁邊是以花朵裝飾的土丘。拉多米爾走上土丘，興奮地在眾人面前描述未來家園的規畫。

少年每次指向某種植物生長的位置時，都會有人從群眾之間出列，站到拉多米爾指定的位置。出來的人手中都會拿著拉多米爾所說的幼苗，而大家會向出列的人鞠躬，畢竟年輕情侶當初拜訪村落時，這些出列的人因為有能力種出美麗的植物，而曾受過他們的讚美。這也表示，出列的人值得造物者的讚美——所有人的天父、關愛萬物的神。

拉多米爾講完規畫後走下土丘，走到興奮且激動地觀看一切的柳巴蜜拉身邊，牽起她的手，慢慢走到土丘上。現在他們一起站在土丘上。

拉多米爾再次對著眾人說：「這個愛的空間不是由我一人所創，站在我身邊及各位面前的這個女孩，就是我美麗的靈感來源。」

這名女子——叫她少女好了——在眾人面前眼神低垂。

每個女人都有獨特的美，但一生總有幾個時刻散發超越眾人的美。可惜現在的文化沒有這種時刻，但在以前……

柳巴蜜拉望向眼前的人群。

眾人興奮的歡呼聲合而為一。少女的臉上露出勇敢的微笑，不是那種魯莽的笑容。她的愛的能量滿溢，雙頰泛起勝於以往的紅暈。健康的身體和明亮的眼眸散發一陣暖意，籠罩眾人和周圍的空間。頓時之間，四周變得萬籟俱寂。

年輕的女神在眾人面前完全展露自己的美，大家則靜靜欣賞這個愉悅的場景。

因此，少女的父母和整個家族的男女老少並未立刻上前，而是緩緩地走向他們的土丘。

他們走到土丘前停下腳步，先向年輕情侶鞠躬致意，少女的母親才問女兒：

「我們家族的所有智慧都在妳身上，親愛的女兒啊，告訴我，妳在自己所選的土地看到未來了嗎？」

「看到了，媽媽。」女兒回答。

「親愛的女兒啊，告訴我，」媽媽繼續說，「妳在未來看到的一切，妳都喜歡嗎？」

「設計得不差，我真心喜歡，但我還想加點東西。」

少女忽然從土丘跳了下來，快步地穿過人群，跑到未來花園的邊緣。她站在那兒說：

「這裡要種一棵針葉樹，旁邊一棵樺樹。風從那個方向吹來時，會先撫過松樹的樹枝，再吹過樺樹，然後請求花園樹木的樹枝唱歌。每次的旋律都不相同，但都能為靈魂帶來快樂。還有這裡，」少女跑到一旁，「這裡要種花，首先是一叢紅花，接著這裡會是紫花，然後這裡是深紅色的花。」

柳巴蜜拉在未來的花園手舞足蹈，雙頰彷彿精靈般紅潤。剛才圍成一圈的人群再度開始動作，手裡拿著種子，趕緊站到雀躍的少女所指的位置。

跳完舞後，少女跑回土丘，站在她的另一半旁對大家說：

「現在這個空間會變得無比美麗，土地會長出神奇的美景。」

「告訴大家，我的女兒，」母親再對女兒說，「誰要管裡這片最美好的空間？在地球上生活的眾人之中，妳要親手為誰戴上桂冠？」

新娘轉頭面向未婚夫回答：

「我要為思想能夠創造美好未來的他戴上桂冠。」

說話的同時，少女摸了身旁少年的肩膀。少年在她面前單膝跪下，而她為他緩緩戴上美麗的桂冠。那頂桂冠是少女親手以散發香味的小草編成。她用右手梳理未婚夫的頭髮三下，再用左手將他的頭扶近一點。戴著桂冠的拉多米爾起身，柳巴蜜拉則跑下山丘，恭順地微微低頭。

此時，所有少年的家族成員陪同他的父親依照傳統走向土丘。接近土丘時，他們恭敬地停下腳步。父親問著站在眾人之上的兒子：

「你是誰？思想能夠創造愛的空間的你是誰？」

少年回答：

「我是你的兒子，也是造物者的兒子。」

「你現在已經戴上桂冠，即將迎接重大的使命。戴上桂冠的你，要如何管理這片空間？」

「我要用美好的事物創造未來。」

父親又問：

「我的兒子及戴上桂冠的造物者之子啊，你要從何獲得力量和靈感？」

「從愛那裡！」

父親再問：

「愛的能量可以在整個宇宙漫遊，你要如何看到宇宙的愛在地球上的反射？」

「爸爸，就有一個女孩。她對我而言，就是宇宙的愛在地球上的反射。」說話的同時，少年走到少女身旁，牽著她的手走上土丘。兩家人這時聚在一起、互相擁抱且有說有笑的樣子。

少年對眾人致謝，之後他們動了起來，將有生命的禮物種在拉多米爾剛才指定的位置。沒有指定種在何處的人則沿著稍早圍出的土地邊緣，一邊唱著圓環舞的歌，一邊把帶來的種子灑進土裡。不消幾分鐘，美好的花園就已種好——一個夢想創造的空間。

戴著桂冠的少年再次舉手，對著安靜的眾人說：

「就讓造物者賜予人類的萬物當我們的朋友、與我們同住吧！」

有些人手裡抱著小貓或小狗，或牽著小牛或小熊走到棚子送禮，拉多米爾的朋友阿爾嘉則依約送了一匹小馬。

他們迅速地把樹枝做成籬笆，在棚子四周搭起圍欄。這座兩人才剛過夜的棚子頓時擠滿了同樣年幼的動物。這樣做的意義很大，所有動物混在一起，才能永遠地和平共處，互相關心及幫助。

收完禮物後，年輕夫婦再次感謝眾人，接著大家跳起圓環舞，唱起歡樂的曲調。結束後，年輕夫婦則各自跟著家人回家，有一天兩夜的時間不會見到彼此。

在這段期間，兩村最好的工匠會將做好的圓木屋架構運到新家，再蓋好屋頂和鋪地板，將所有縫隙塞滿青苔和草。兩村的女人接著把最好的水果放進新家，雙方的母親也會為他們在床上鋪上亞麻毯子。所有人都會在第二晚離開。愛的能量就在家園之上等待年輕夫婦的到來。

＊＊＊

「你看這是怎麼回事，弗拉狄米爾。吠陀羅斯家庭——也就是剛才所說的小柳巴蜜拉的家人——將小女孩心中出現的愛的感覺視為神的恩賜，把這種感覺當作神派來幫助小女孩成長的新家庭成員，而且可能還是她最大的成長動力。因此，奶奶才會幫助女孩瞭解偉大的愛的能量希望她做什麼，用小孩能懂的簡單方式說明具體的行動。

「小女孩受到啟發後，開始學習各種知識——生命的深奧道理、身心靈的提升。

「柳巴蜜拉的成功要歸功於誰？奶奶、傳道的智者、女孩自己，還是偉大且無窮無盡的愛的能量？」

「我認為如果拿掉愛的能量，其他幫助女孩成長的元素根本發揮不了一半的作用；但如果沒有這些其他元素，愛的能量也難以將女孩引導到正確的方向。」

「所以說這就是共同的創造，而它深思的結果就是讓萬物得到快樂，這就是神希望從人類身上看到的。」

「同意，婚禮本身在美感、意義和理性上都是無法超越的精采慶典。如果與現代婚禮比較，就會發現我們好像都變成了崇尚玄虛的傻子。現代婚禮為年輕夫婦留下了什麼？只留下這些回憶：不知為何開車去看『不滅之火』、在咖啡廳或餐廳喝得爛醉、大喊『接吻』，還有在眾人面前浪費應該用來懷胎生子的能量。

「吠陀羅斯婚禮留下的不是回憶，而是傑出工匠滿心歡喜蓋好的房子，以及親人、朋友和鄰居按照年輕夫婦的計畫親手種下各種植物的園子。」

「事實上，婚禮留下的是一個真正的愛的空間——一個神聖、有生命的家，且妻子將會在此受孕。

「吠陀羅斯的婚禮不像現在一樣只有兩個朋友當證婚人，附近的所有親戚都來共襄盛舉。他們不是在紙上規劃家園，而是在土地上創造有生命的傑作。

「年輕夫婦接著接受測試，在眾人面前描述未來祖傳家園的規畫。我認為他們的表現層次遠遠高於現代的任何博士論文。

「想當然耳，具體實現一個有生命的空間，包括房子、家園和創造這一切的美好行動，無疑都扮演相當重要的角色。但還有一個出乎意料的要素同等重要，你看是誰替這對年輕情侶證婚的，不是父母，也不是他們此生只會見過一次的戶政事務所某某人或牧師。

「是柳巴蜜拉親自為拉多米爾加冠的！她在眾人面前親手為丈夫戴上頭冠。這是神子真正可以做到的事，而且它帶來的心理影響絕非表面上這麼簡單。

「如果隨便讓別人證明自己的愛，表示你在潛意識中拋開了對家庭未來命運的責任，但柳巴蜜拉承擔了這份責任。

「現代要登記結婚的情侶和神之間有太多的繁文縟節，不僅要得到父母的祝福、到戶政事務所登記，還要在教堂裡證婚。但吠陀羅斯情侶和神之間沒有任何阻礙，只有神可以祝福他們的婚姻。

「在加冠之前，神其實就已將祝福化為現實，像是賜給他們對彼此的愛。吠陀羅斯人也知道如何接受這份愛，並讓它成為永恆。」

「不過在吠陀羅斯時期，受孕前又是什麼樣的情形呢？」

12 受孕

婚禮結束後，這對年輕夫婦並未直接跳上床，從事現代酒酣耳熱後所謂的新婚房事。親戚也不會強迫他們上床，然後將沾血的床單拿給婚禮的賓客看（這種做法在高加索山區的婚禮尤為常見）。

年輕夫婦各自回到父母家，在家裡睡覺、沐浴，而這也有很大的意義。家園設計受到認同而帶來的雀躍已經過了。他們因為婚禮而把所有時間都花在彼此身上，婚禮讓他們感到無比雀躍，但多少還是有點緊張。他們在父母家放鬆休息，不過當然還是想著對方。

兩天後，他們以夫妻身分首次見面。此時，受孕所需的條件都已具備，不僅是物質的層面像是房子、動物溫暖的家、菜圃花園等，年輕夫婦的身心狀態也同樣重要。

拉多米爾在天亮前起床，沒有叫醒任何人，自己戴上桂冠、穿上母親親手縫製的衣服，跑到泉水湧出的小溪。

月光照亮破曉前的小徑，成串的星星在天上閃耀。在溪裡沐浴後，他穿上衣服，快步地走向他珍愛的創造。天色漸漸亮了。

他獨自站在兩村居民不久前歡慶喜事的地方——一個他用夢想創造的空間。從未經歷的旁人很難體會，人在此時的感覺和感官感受有多強烈。

我們可以說這是一種神聖的感官感受和感覺，這在興奮地等待第一道曙光時會倍增……她來了！他最美麗的柳巴蜜拉！她在日出的光線中跑了過來，迎接他的愛人與他們的共同創造。

夢境的人影成真，跑向拉多米爾。完美當然沒有極限，但時間彷彿為了兩人停止。團團有如迷霧般的感覺，伴隨他們走入新家。桌上擺滿美食，手織床單上的乾燥花散發迷人的香氣。

「你現在在想什麼？」她熱情地輕聲發問。

「想他，想我們未來的孩子。」拉多米爾看她時顫抖了一下。「噢，妳真美！」他再也克制不住自己，極其輕柔地摸起她的肩膀和臉頰。

柳巴蜜拉和拉多米爾不僅內心感到高興，他們也在寧靜而愉悅的氣氛中看著彼此。

「我的丈夫。」柳巴蜜拉在心中悄悄地說，「我的丈夫，感謝上天和全宇宙。噢，公正的神啊，看看祢給人類多大的幸福啊，讓人能在愛之中生活。」

「我的妻子。」拉多米爾看著柳巴蜜拉時心想。他閉上雙眼後再次睜開，想重新在一眼瞬間看見對方，好像她就是全世界最美的景象，好像全世界最重要的女神就站在他的面前。但他可不是「好像」看到，而是確確實實地看到柳巴蜜拉女神站在他的面前。

愛的炙熱氣息圍繞著他們，將他們帶往前所未有的高度。

數百萬年來，沒有人可以鉅細靡遺地描述，兩人在一眼瞬間的彼此愛意中結合，按照自己和神的模樣進行創造時，她和他之間到底發生了什麼事。

但吠陀文化的神子清楚知道，兩人的結合使無法解釋的奇蹟發生後，他們仍會保留各自的樣子。同時，在某個無法解釋的一瞬間，宇宙會顫動一下，因為它看到一個嬰兒的靈魂，光著腳輕快地穿越星河奔向地球，在體內將兩人加上第三人合而為一。

日出後展開快樂的一天，升起的太陽以更明亮的光線照耀男神和女神站立在地球上的位置。而愛的能量——神賜予世間男神和女神的禮物——散發著祝福，以比陽光更耀眼的無形光線照亮他們。愛的能量非常雀躍！這種能量有智慧嗎？當然有！這種能量和所有感覺都是智慧的一部分，而神將它視為最重要的一種。神在創造地球上偉大的傑作時，祂告訴過愛：

「我的愛啊，加緊腳步，別再躊躇不前了。用你最後的一點火苗加速，溫暖我未來的所有子女。」

而現在，柳巴蜜拉和拉多米爾在愛之中受孕時，愛對著神吶喊：

「我看不見祢，偉大的造物者，但我看得見祢的孩子。我同樣無形無體，但我看到自己映射在祢孩子的臉上。他們是祢的，在某方面也是我的。我想要照料他們的孩子，而且想要瞭解偉大的造物者啊，祢是如何能夠預見……當祢毫無保留地將我完全獻給他們，祢是如何能夠預見地球上的恩惠？請祢在祢的孩子面前完全展現自己的美麗和偉大吧。」

神用幾乎聽不到的風聲悄悄回答愛：

「我不會擅自讓我的孩子分心，害他們無法進行偉大又充滿靈感的創造。我的愛啊，請你不要因為一時過於雀躍而灼燒這對年輕夫婦的心。我還記得你當初是如何的以你充滿恩惠的能量讓我感到灼熱，我感覺你現在又因為欣喜而灼燒我們的孩子。」

「我的神啊，這不是灼燒，而是溫暖他們。剛才祢說『我們的孩子』時，我抖擻了一下，我的能量瞬間增強，但我控制住了，不讓他們感到灼燒。祢剛說『我們的孩子』，這就表示他們至少有一小部分也是我的。」

「在愛之中誕生的人肯定會知道他們的父親和母親是誰。」

＊＊＊

弗拉狄米爾，這雖然不好理解，但你一定要試試看。親密關係絕對不是吠陀羅斯人受孕的主因，現代人在床上做的那檔事，也就是所謂的做愛，只不過是在褻瀆愛、貶低神。肉體之歡只能持續一下子，但我認為這種滿足感連神為人預想好的百分之一都比不上。

吠陀羅斯人不會將彼此視為肉體之歡的對象，跟現在完全不同。

柳巴蜜拉和拉多米爾出現生小孩的願望時，他們不是將孩子視為與他們分開的個體。那時候的感覺文化並不一樣，相愛的夫妻在彼此心中看見孩子，所以愛撫也與現在截然不同。兩人不是出於做愛的渴望而接近彼此，而是想要完成共同創造的偉大志向。

拉多米爾就像抱住孩子一樣將柳巴蜜拉擁入懷中，溫柔地撫摸她的頭髮、觸碰她豐滿的胸部、輕撫她的肩膀、親吻她的掌心。而柳巴蜜拉摸著他的臉和肩膀，輕輕地勾住他的脖子，讓他靠近自己的胸部，就像摟住小孩一樣……

世界上有很多論文教導男女如何性交，但從來沒有任何一篇能夠描述吠陀羅斯人的受孕方式。

雙方的身體並非重點，身體只是代為執行人的意志和渴望。在那個當下，人身處另一個次元，等到偉大的行為完成後才會回到地球。他們得到的滿足感不會稍縱即逝，而是永永遠遠存在，彷彿讓人離至高的完美又更靠近一步。

受孕的當下，拉多米爾彷彿忘卻一切，彷彿還沒從他之前從未見過的次元回來。他將柳巴蜜拉當作自己的孩子般親吻，接著進入甜美的夢鄉。男人此時總是忍不住睡意，這或許是因為太想回到那個次元吧。

但柳巴蜜拉沒有睡，她感覺到體內似乎有個奇特的粒子。她下床走到窗邊，太陽照進窗戶，將窗台分成明亮和陰影兩邊。

她的手指畫過明暗的交界，接著將手腕上的亞麻繩取下放在明暗交界處。吠陀羅斯人都會記錄受孕的日期和時間。

後來，他們在舉行婚禮的地方種下一定會長得直挺挺的樹木，然後等到窗台上的明暗交界與亞麻繩重合時，他們又在第一棵樹的陰影處種下第二棵樹，好讓他們永遠記住懷上孩子的時間，從這個時候算星座肯定也比較準確。吠陀羅斯人知道星球的方位及其對人體的影響，但就算有星球的影響，他們也能完成大事，畢竟他們擁有偉大的能量。

他們將生產時用的水倒在兩棵樹木之間，並把胎盤埋入土裡。等孩子長大後，他會在受孕紀念日那天睡在那個地方。星球的位置每年都稍有不同，人在那一晚的睡眠中可以感受宇宙散發的所有訊息，不是用理智感受，而是潛意識、感覺，神在地球上創造的萬物都能被人感受到。如果有任何疾病或悲傷，都能靠夢當場消除，但幾乎沒有肉體上的病痛可以影響吠陀羅斯人。

受孕的地方成了他們入眠、有意識地感知宇宙的地方。

13 先父遺傳可以克服

「阿納絲塔夏，我聽說智者知道如何克服先父遺傳現象，也就是婚前關係造成的影響。很多人知道，如果女性有婚前關係，第一名男性一定會對她與另一名男性，例如她的丈夫，所生的小孩外表和性格造成影響。

「如果他們在受孕前完成妳說的結婚儀式，可以永久消除女性婚前關係造成的影響嗎？」

「弗拉狄米爾，小孩不一定會像第一位伴侶，如果女性的新經歷和感官感受夠強烈，過往失敗關係的訊息都可以抹除。不過吠陀羅斯還是有儀式可以抹除你不想要的過往訊息。這個儀式可以淨化男女雙方，但要有三個想法參與其中。不過是誰的想法，你可以猜猜看。」

「妳還是直接告訴我吧，阿納絲塔夏，我的腦袋今天吸收太多資訊了。」

「好，由我告訴你，但每個人都要學著自己做出所需的結論，這點很重要。」

「早晚學得會的，但現在還是由妳解釋吧，畢竟這個問題很重要。」

「那你先就你感興趣的部分提出完整的問題。」

「什麼才叫『完整』？」

「弗拉狄米爾，畢竟你也知道這個現象不只影響女性，對男性也有同等的影響，男性的婚前關係也會影響未來的孩子。只要丈夫不是處男，忠貞的處女也可能生出不是自己的小孩。你知道這點吧，弗拉狄米爾？」

「是，阿納絲塔夏，我還真的知道。我讀過曾有一位退伍軍人返鄉時，在火車站喝得爛醉，還與一名亞洲妓女上床。他回到家鄉時，娶了一直等著他的女孩，生下的小孩卻有黝黑的皮膚和丹鳳眼。大家開始責怪那個女孩，可是村莊附近根本沒有任何亞洲人。我原本還以為男性在這之中沒有關係。」

「當然有關，他們在儀式中必須扮演重要的角色。

「儀式是這樣進行的：男性必須在兩人居住的地方把床鋪在星空下，在大自然中為自己和女性鋪床。他們必須禁食三天，睡在星空下三個晚上。每天睡前，男性必須用泉水替女性和自己沐浴，再用亞麻布擦乾女性的身體，但不能擦乾自己，只能用手將水滴抹掉。男性要溼答答地與女性躺在床上睡覺，這三天內不能發生親密關係。

「在星空下睡覺的第一晚應該原諒彼此的過往，且從第一晚就要開始想像未來的孩子。

「男性應想著孩子要多像母親，女性則想著孩子要多像父親。

「三天後，他們就能發生肉體關係，眾多星球會替他們抹除過去的資訊、未受孕孩子的資訊。

「但在發生親密關係前，男性必須為女性戴上頭冠。在吠陀羅斯的婚禮中，都是由女性為愛人戴上頭冠，但這個儀式則是相反。

「這種儀式不是只有已經一起找到家園並住在裡面的夫妻才能舉行。」

「為什麼？」

「光是這三天一直想著未來孩子但沒有受孕，儘管還在尋找家園和規劃中，他們也能得到淨化。」

「阿納絲塔夏，第三個想法是什麼？妳剛說必須同時有三個想法。」

「是的，我說過，確實要有三個想法。到了第三天晚上，男女雙方在星空下睡覺時，他們未來的孩子已經在用自己的想法幫助他們了。」

「孩子在哪裡？」

「所有孩子受孕前等待轉世的地方。

「由一位偉大智者想出來並獻給人類的整套儀式就是如此，他很高興看到這個儀式多麼地有成效，促成了越來越多幸福的家庭。

「你都明白嗎，弗拉狄米爾？你可以和大家描述這個儀式嗎？」

「當然明白，我會全部寫出來。」

「除了我說的以外，你不會添加任何東西嗎？」

「不會。」

「那這個儀式的效果就不好了。」

「什麼？怎麼會？」

「因為沒有把先人的想法考慮進去。」

「也是，我記得妳爺爺跟我說過，我們必須向先人懺悔，我會提醒讀者的。但我還是不太明白為什麼是我們這一代需要懺悔，畢竟又不是我們隱匿或摧毀他們的文化。」

「你當然可能覺得不是你們，但最好換個方式思考。」

「什麼方式？」

「我們這一代何其榮幸及受到恩寵，有機會復興自己祖先的文化，恢復與他們之間斷掉的線。唯有如此，人世才會開始有偉大的發現；唯有如此，先人的思想才能幫助我們。現在由於我們不理解，我們才會與他們的思想相左。」

14 人類形成及出世的心理

對於這個問題，我得開門見山地說明：根據阿納絲塔夏的說法，人類受孕、懷孕和出生的過程主要不是與生理相關，而是一種心理的過程。這是男女之間至高的共同創造，也是兩人思想、感覺和智慧的最高結晶。

這個結論一開始讓我感到懷疑，我想多數讀者也是，所以我要在此更仔細地描述我與她的對話。

「阿納絲塔夏，妳怎麼會說主要與心理有關？畢竟子宮內確實有胚胎在發育，母親也真的經歷生理的感受，有時甚至是痛覺。很多科普書都在寫懷孕和出生的主題，有些還仔細地描述孕婦該做什麼、怎麼做，這些都與生理有關。由此看來，最重要的應該是生理才對。」

「是啊，這樣的想法確實在人類社會根深蒂固了，這點令人相當難過。這表示人類自我的重要元素淪為次等或完全被抹除，使得出生在世的人類一點也不像神的模樣。

「你自己想一想，弗拉狄米爾，胚胎在子宮內的存在及發育並不是因為有人寫過這樣的論文主題才產生的，而是這是造物者——大自然——的巧思。干涉這種最完美的過程，就像是用較不完美的人造物取代自然而完美的傑作。

「人體形成的生理層面是造物者設想好的。胚胎可以自行發育，無須父母費心插手。

「出生的心理和哲學則是層次更高的過程，全仰賴於父母親，是人與神的共同創造。

「生產的疼痛代表父母對出生沒有抱持正確的心態。

「大自然有很多動物都會生育後代，但沒有任何動物因此死掉或經歷痛楚。造物者也從未想過讓自己最愛的創造——人類——感到疼痛，就像疼愛子女的父母也不可能讓他們受苦。

「女人在履行自己的最高使命——共同創造神子——時，造物者會給身懷神聖孩子的她獎勵。這個獎勵就是在生產時感到幸福，以及一連串欣喜若狂的感受，絕對沒有疼痛。生產的過程反而是很愉悅、開心的。

「人類本身受到玄虛科學的欺瞞、黑暗勢力的洗腦，才會以不正確的方式干涉，使母親在生產時承受痛苦，孩子也受到致命的衝擊。」

「什麼衝擊？怎麼會是致命的衝擊？孩子才剛出生呀。」

「是啊，剛出生而已，但他們不明白為什麼要把他們強行拉出充滿愉悅的完美空間，不明白為什麼母親疼痛受苦。母親的疼痛會使孩子承受很大的痛苦。」

「什麼？難道母親能夠毫無疼痛地生產嗎？」

「何止不會痛，還能感到至高無上且最令人開心的快樂和喜悅。」

「現代醫學其實也做得到，麻醉藥可讓生產幾乎不會疼痛。」

「麻醉藥能減緩母親的疼痛，卻會增加孩子的心理痛苦，因為麻醉藥會使他與母親失去連結，使他心生恐懼、缺乏自信，甚至長大後、步入老年也深受其害而無法重生。」

「但為什麼會這樣？」

「人在母親的子宮內發育時，是很舒適、舒服、平靜且受到呵護的，一切生理需求都能獲得滿足，沒有現代人類每天遇到的問題，所以感受得到全宇宙。

「在九個月內，創世至今所有與美好宇宙和人類使命有關的資訊都會傳給孩子。

「他身處的子宮世界遼闊又美麗。

「但忽然間，有個東西粗暴地試圖將他從無比的幸福中推出來，所有女人都知道這是分娩的開始。這似乎是無可避免的過程，所以大家從未思考寶寶可能會有什麼感受。現代很少女性知道生產時可以不用嚇到寶寶，而可溫柔地摸他、和他講話、溝通，歡迎他來到這個世界，而這不需要疼痛伴隨。

「聽到爸爸媽媽的呼喚後，寶寶會將他正經歷的推擠當作愛撫和召喚，而自願誕生在這個世界上、探索奇妙的事物。

「『自願誕生』這點極為重要。這樣的生產會讓神的所有訊息保留在寶寶體內。

「如果孕婦在生產時感到害怕，孩子在子宮內也會害怕。

「如果孕婦在生產時感到疼痛，而且只想著自己，孩子在子宮內會感到加倍的疼痛，覺得自己被人拋棄，甚至感到無助及沒人保護。這些感覺對人有害，而且會持續很久。這會抹除寶寶先前收到的宇宙資訊，因為兩者相左。在這種生產過程中，孩子生平第一次覺得自己不是宇宙的主宰，而是某種受到外力支配無關緊要的東西。

「身體雖然出生了，但主宰宇宙及身為善良創造者的靈並未誕生。這樣的人無法擁有神聖的模樣，只會變成某個存在體的奴隸，一輩子試著擺脫奴隸的命運，卻徒勞無功。

「世間的沙皇、總統，以及他們身邊的護衛和隨扈也都是情境下的奴隸。他們覺得自己在決定大事、試圖過著美滿的人生，但他們的生活卻是越來越不幸福、沒有希望，就像水和空氣越來越黑一樣。

「生產疼痛帶來的無望使人類社會無法做出重要的決定。」

「妳說得對，這樣的生產聽起來的確很可怕，難怪現在才有孕婦選擇剖腹產吧？這樣就能避免妳說的情況了，妳覺得呢？」

「不對，把生產弄得像是一般手術，這個過程很難稱得上是人類的誕生。是誰讓孩子出世的？沒有生下孩子的母親嗎？還是從母親體內扯出孩子的醫生？

「尚未誕生的寶寶突然與母親失去連結，因而與全宇宙斷了聯繫，接著被粗暴地扯出子宮。為什麼？他會被扯去哪裡？為什麼如此粗暴？為什麼一切不是由他自己決定？對他而言，全世界在那一刻崩毀了！

「旁人覺得孩子誕生了，他在出生時卻覺得自己被拋棄了。旁人可能覺得寶寶平安出生，但事實上只有他的軀體是活的，他一生只能透過僅存而微不足道的靈性本質試圖找回神聖的自我，而這一切都是父母的錯。」

「阿納絲塔夏，就我所理解的，家族的後代乃至於全人類文明的未來，都取決於女人和她們懷胎與生育的方式，對嗎？」

「是的，弗拉狄米爾，但人類的誕生其實與男人——父親——同樣有關。」

當男人將孩子帶到世界上……

「等等，阿納絲塔夏，解釋一下什麼叫做『男人將孩子帶到世界上』，畢竟男人又不能生小孩，在生理上不可能。」

「這背後有個陷阱，大多數人認為生產主要是生理的過程，卻因此將偉大的靈——身為造物者的父親——排除在外，也就是將天父排除在生產過程之外。神的缺席在母親生產時轉為疼痛，進而變成人類的苦難。」

「妳可以詳細解釋男人在生產時扮演的角色嗎？為什麼排除男人等於排除神？身為父親的男人也要參與妻子的生產嗎？」

「男人不一定要參與生產，只要陪在身旁就夠了，但這不是父親最大的使命。」

「父親最大的使命到底是什麼？」

「想要瞭解這點，你必須知道母親子宮滋養的胚胎是與她心愛的男人受孕而來。子宮滋養的是肉體，這固然重要，但不是最主要的。

「胚胎不僅對母親的狀況和感覺有反應，也同樣會回應父親的感覺。

「丈夫與懷孕的妻子說話時，胚胎雖然不懂父母的用語，無法完全明白每個字的意義，但能敏銳地感受到父母的感覺。

「男人有時會情不自禁地撫摸孕婦的肚子，或者耳朵貼著肚子聽聽胎動。這種觸摸不只會給女人愉悅的感受，肚裡的胚胎在生理上看似感受不到，實則卻有大上無數倍的感覺。

「父母的感覺流向寶寶，他也極其開心、幸福地接受這些感覺。

「胚胎在感覺上也能接觸想法。當父母在愛與和諧中等待孩子、想著孩子，孩子從受孕起便一直在父母的能量場中，這讓他感到非常快樂。

「孩子透過父母的感覺感受子宮以外的環境。

「如果父親待在懷孕的妻子身旁，開心地聽著夜鶯的歌聲，胚胎在子宮內也能感覺到夜鶯的歌聲和父親的喜悅。等他出生長大後，他仍能像在子宮裡那樣因為夜鶯的歌聲而開心。

「如果父親或母親突然被蛇嚇到，孩子出生後看到蛇時也會害怕。他在子宮內當然看不到蛇，但有關蛇的訊息會透過父母的眼睛一輩子保留在他的潛意識中。

「丈夫如果對懷孕的妻子唱出好歌，孩子長大後也會像父親一樣有好歌喉。丈夫如果在腦袋中思索著星星，孩子出生後也會對星星有興趣。」

「我還聽過有位作曲家常對懷孕的妻子彈琴，時常反覆地彈奏妻子喜愛的自創曲。但孩子還沒出生，兩人便離婚了。孩子長大後，母親送他去讀音樂學院，卻在某天聽到孩子彈奏父親的鋼琴曲。驚訝的母親原以為兒子應該是在某處找到舊琴譜，畢竟這首曲子從未在任何演奏會上發表，琴譜也從未出版。當她走進房間時，卻發現兒子沒有看琴譜，於是她問兒子：

『兒子，誰教你彈這首曲子的？』

『沒有人教我，』男孩回答。『我不知道從哪裡聽來的，但我很喜歡，妳喜歡嗎，媽媽？』

『我很喜歡，』母親回答後繼續問兒子：『但你怎麼記得起來？畢竟你在學校都沒辦法一下子彈出新曲子，就算看著琴譜也是。』

『是沒辦法，但不知道為何這首曲子很容易記住，好像原本就在我的腦中一樣。我想按照原本的旋律將這首曲子譜完。』

「男孩繼續譜寫他在子宮內聽到父親所彈的旋律，最後跟他一樣變成作曲家。」

「你舉的例子很好，弗拉狄米爾，但這絕不是特例。很多例子都證明孩子的撫養最好從母親的子宮開始，甚至可以更早一點——受孕之前。」

「怎麼更早？受孕之前連個人影都沒有。」

「你剛說過先父遺傳，弗拉狄米爾，你說女人所生的小孩會像她的初戀情人，而不是實際與她受孕的人。這個現象無非證明了孩子在受孕前——還在排隊等著受孕，就能『讀取』父親的訊息。」

「真的有排隊等著受孕這種事？」

「有，只要男女發生親密關係，空間中就會誕生一個準備好化為肉身的靈。」

「如果只是發生肉體關係，不打算生小孩呢？」

「只要男人經歷到滿足，就會有靈出現。」

「妳是說性高潮嗎？」

「我不喜歡這個詞，弗拉狄米爾，這個詞誤解了訊息的核心。」

「好，那就照妳說的『滿足』吧，但妳有辦法證明這種靈存在嗎？」

「你自己就能找到證明了，弗拉狄米爾，只要你願意的話。有些人只要幾句話就能明白這個現象的本質，但也有些人就算給他們幾年的時間、很多的例子，他們也不見得願意理解。」

「現代科學可以至少間接證明妳說的現象嗎？」

「當然可以。」

「哪種科學？生物學、基因學？我需要知道，這樣比較好找證據。」

「你可以在物理學輕鬆找到證據，弗拉狄米爾。」

「物理學？這和物理有什麼關係？妳說的事情與靈有關，神祕學還能派上用場，但物理學？」

「物理學有一種定律叫做能量守恆定律。」

「兩者有何關係？」

「與女人發生親密關係時，男人體內會產生大得不可思議的能量，並在特定的時機將它釋放。根據能量守恆定律，這個能量不會憑空消失，而是轉變成另一種型態。在我剛說的現象中，靈能夠形成就是因為男人的巨大能量和閃電般快速的釋放。」

「聽起來很有說服力，但也令人難過。男人到底產生了多少個最後沒有化為肉體的靈呢？數量肯定是地球人口的好幾倍吧。」

「是啊，好幾倍。」

「它們會痛苦嗎？還是一直以沒有感覺的能量型態存在？」

「它們有感覺，痛苦的程度難以想像。」

「那成功受孕的靈會立刻感覺到父母嗎？」

「是的，而且對父親和母親都有相同程度的感受。」

「懷胎九個月內，父母可以教會子宮內有生命的孩子很多事情。不用反覆教導，孩子瞬間就能把透過父母給他的所有訊息記得一輩子。」

「擁有完整知識的父親要在九個月內『孕育』——或說塑造——孩子靈性和智慧的自我。」

「父親有責任孕育人較高層次的組成要素，他在這之中的角色與神類似。」

「父親必須孕育人的靈性組成，在整整九個月內為孩子『編寫程式』，形塑未來孩子的靈、性格和智慧。」

「阿納絲塔夏，妳剛說到程式，說到擁有完整知識的父親知道如何撫養還在子宮裡的寶寶……」

「我不是說父親撫養孩子，而是孕育孩子。父親不是撫養，而是孕育未來兒子或女兒非物質的第二個我。」

「我想我們的社會完全沒有這種觀念，這肯定是我們的損失。大家都認為父親在生小孩當中的主要任務在受孕後就結束了，之後最好的情況就是父親幫忙懷孕的妻子打理家務，滿足妻子的所有需求。」

「可惜大多數人都是如此。」

「但如果父親不瞭解自己的任務，要由誰塑造人的主要靈性組成？」

「隨機，或是知道這點並用此達到自己目的的人。」

「所以說，男人如果不知道自己可以從受孕開始完整參與孩子的塑造，他們是不是就沒有完全負起撫養孩子的責任？」

「可惜大多數人都是如此。」

我似乎開始明白阿納絲塔夏所說的話有多重要，因而理解我們的人生竟然如此荒謬。也許所有社會動盪都是因為我們絕大多數的人，即使在孩子身邊，實際上卻與他們沒有太大的關係。我們把孩子丟給命運、交給別人。但我在與阿納絲塔夏聊這個話題時，讓我難過的不是社會現況，而是我自己，覺得這種無助又悲哀的感覺會跟著我一輩子，害我當下甚至不想再聊下去了。

「你看起來很蒼白，弗拉狄米爾，也很無神的樣子，怎麼了？」阿納絲塔夏看到我的情況時說。

「我沒有力氣再討論這個了，阿納絲塔夏。」

「我大概知道你怎麼了，但如果你可以自己把難過的原因講出來，會比較好過。」

「有什麼好講的，很明顯啊。當妳說完有關生育的資訊，而我明白那有多重要時，我頓時發現自己沒有好好參與我女兒波琳娜的出生。當時我和太太根本不知道要怎麼面對孩子的出生。可是妳知道這些訊息，妳生了一兒一女，我又好像被晾在一旁。妳都知道，但妳沒有及時告訴我父親該做什麼。不只這樣，我還記得妳說兒子出生後，我在一段時間內不能看他。妳當時為什麼要這樣，阿納絲塔夏？」

「我是這樣說過，弗拉狄米爾，但你自己想想看，就算你在那九個月陪我待在泰加林，你能教孩子什麼？你希望我提示你答案嗎？」

「好。」

「你應該還記得你當時要我離開泰加林的祖傳空地——我父母為我創造的愛的空間，你希望我在城市的醫院生產，你還說要把兒子送去讀幼稚園和最好的學校，讓他成為商人、繼承你的事業。」

「我是說過，但我當時理解不多。我之後也接受事實了，我知道妳不能也不想住在城市，可是妳也沒要我待在泰加林陪你。」

「如果我提出這個要求，你會待下來嗎？」

「不知道，也許會吧。」

「那你可以做什麼？」

「跟大家一樣吧，做男人可以做的家務。」

「可是你要知道，弗拉狄米爾，我不需要任何生理上的幫助，這裡的一切隨時都準備好無私地效勞，空氣、水、動物和小草都是。我之所以問你要做什麼，是想知道你在等待孩子出生時主要會想什麼。

「你說不出來……你會想的和你當時的說法是一樣的。

「你會後悔沒有說服我搬到城市，你甚至打算強拉我去醫院生產，對吧？承認吧！」

「是的，但那只是一時的想法。」

「告訴我，弗拉狄米爾，父親如果有這種想法，我們的兒子會有什麼感受？這樣的想法很有侵略性。」

「是啊，我現在知道這對他不好了，但我還是很難過我現在……反正我不是完整的父親，所以讓妳生的兒子和女兒也不是完整的人。」

「相信我，弗拉狄米爾，不要擔心，不要難過。對孩子來說，你是完整的父親。他們完整接收了一切，兒子甚至還接收稍微超出負荷的訊息和敏銳度。我的曾祖父摩西還曾忍不住告訴他太多事情。」

「但怎麼可能，妳懷孕的時候，我又不在妳身邊，沒有幫孩子編寫程式；生產時也缺席，沒有呼喚我的孩子誕生，妳卻說我還是完整的父親，這跟妳剛說的完全相反啊。」

15 給沒有丈夫陪同生產的女人的儀式

「弗拉狄米爾，吠陀羅斯文明有很多種儀式，不過『儀式』這個詞其實不太適合這些活動，只是我想不到別的詞彙。為了方便，就姑且先用吧，但你要知道，如果用現代的語言描述，吠陀羅斯的儀式可以說是一種既科學又合理的人類行為，是根據宇宙所有能量的知識，以及這些能量與人類靈魂的關係而來。你知道這些儀式都是一代又一代的智者——偉大的思想家——構想出來的，並且根據星星加以比對，後代則在每年的實務中加以檢驗並使其臻於完善。

「其中有種儀式是為懷孕和生產時丈夫出遠門的女人設計的。吠陀羅斯文明確實會有這種情形發生，但非常少見，多半都是因為丈夫不得不出遠門。懷孕的妻子待在家中進行看似簡單，但卻非常耗費時間、心智和意志的儀式。如果妻子對孩子父親的愛夠強烈，就能獨自一人達成目標——生出完好無缺的孩子。愛這個偉大的能量會幫助她。」

「這個儀式要怎麼進行？我們現代也有一些女性不得不在丈夫不在時懷胎生子，說不定妳說的儀式適合她們。」

「懷胎九個月期間，丈夫不在身邊的妻子每天至少要用三個小時以父親的名義與孩子心靈溝通，有時還要在心裡與丈夫討論孩子的未來。過程中可能會有爭論，但即便如此，也絕對不能出現攻擊性心態。父母對話時，應該對彼此和孩子抱持善意。

「對話最好每天在同個時間進行，妻子代替丈夫與孩子的溝通可以分成兩次，早晚各一次。在代替丈夫與孩子心靈對話的十五至十九分鐘前，妻子必須少量食用好消化且對母子有益的食物或飲料。

「心靈對話前所喝的飲料在九個月期間不應改變，而且除了準備心靈對話外，不能在其他狀況中飲用。

「以我為例，我準備了大約一百公克的雪松奶、三滴雪松油和一撮花粉，再用樹枝沾取少許蜂蜜，把所有材料放進木碗攪拌，然後非常小口地慢慢喝下。

「這種飲料也可以用其他食材做成，但必須天然有機且母體容易消化，也應對子宮內的孩子有益、受他喜愛，這點相當重要。

「如果母親喝下的飲料對孩子無益或不受他喜愛，他會把與父親的對話當做不開心的事情，之後會因此拒絕父親、抗拒與他溝通。

「小孩出生後，母親在餵奶並同時代替父親與他溝通前不久也要喝下這種飲料。

「孩子長大斷奶時，如果父親還沒回來，母親不能把她喝的飲料拿給孩子喝，必須等到他第一次與父親接觸時才行。

「母親還要在星空中選一顆星星，透過它與心愛的男人溝通；每次與孩子心靈溝通前都要想到這顆星星。

「與孩子心靈溝通時，母親必須盡可能清晰地想像孩子父親的意象，包括性格、語調、世界觀，不能捏造或美化他。如果與他意見不合，應該試著解釋自己的觀點，不要想著攻擊對方，而要抱持著愛；不要怪罪男人誤解自己，而是自己無法以有說服力及好懂的方法解釋，或是還需要更仔細地思考男人所說的話。

「除此之外，懷孕的妻子在溝通時必須一邊摸著肚子，一邊想著孩子父親的意象。

「還有一點很重要，在與丈夫對話時應該拋開以前所有不好的時光，只想著美好的一面。

「懷胎九個月期間，女人應盡可能獨自一人生活，孩子才能感受到她與父親。即使準備成為人父的丈夫不在他們身邊，他的氣場仍然可以圍繞著孩子。

「女人完成這個儀式行動後，男人會回到她和孩子身邊。即使他先前對妻子的愛很薄弱或根本不存在，愛火仍會在他的心中以意想不到的力量燃燒，激發他做出好事。

「很多吠陀羅斯女人都知道這個儀式的效果和力量，後來智者試著抹除女人對此儀式的記憶，只有在他們確定女人沒有不好的想法時，才會使用這種儀式。」

「什麼不好的想法，阿納絲塔夏？」

「戀愛的女人如果懷有不好的想法，可以透過這個儀式誘惑不愛她的男人，即便他已經有了妻子、那個女人與他沒有親密關係也是一樣。」

「但沒有親密關係的話，怎麼可能像妳說的那樣？沒有發生關係，根本不會懷孕，她要與誰聊到父親？」

「不管她懷的是哪個男人的孩子，都是代替心愛的男人與孩子溝通，藉此與他拉近距離。除此之外，孩子最後也會長得像他，而不是實際上在她身邊的男人。弗拉狄米爾，你應該從先父遺傳知道這點了吧。」

「是的，我知道，但阿納絲塔夏，為什麼妳要洩漏智者隱藏的這個訊息？這會讓某些女人開始利用這個儀式誘惑有家室的男人，我不能寫進書裡。」

「你就放心地寫出來吧，弗拉狄米爾。我已經去除了儀式中的某個要素，讓它無法破壞幸福的家庭。」

「但如果妳可以去除某個要素，為什麼智者不行呢？」

「智者不知道該拿什麼替補。」

「如果智者不知道，妳又怎麼知道？阿納絲塔夏，況且妳說過智者會在實務中檢驗儀式的成效，但妳沒有這種機會。」

「我有。」

「什麼時候？跟誰？」

天啊！我想起阿納絲塔夏多年前跟我說過的話，當時我沒有放在心上，但現在……就是這句話：「我要喚回你太太對你的愛，以及女兒對你的尊敬。」真是難以置信，她真的做到了！但為什麼我太太沒有對阿納絲塔夏心生妒忌？為什麼女兒對她如此敬重？我今年還探望過她們。阿納絲塔夏能夠做到不可思議的事情，我不知道她怎麼做的，但她確實做到了。

世界上所有以技術成就自豪的機構就算全部加起來，都無法解決地球上最重要的問題，那就是喚回家庭中的愛與尊敬，但是她可以。我的天啊！人類到底失去了什麼重要、真正神聖的知識了？為什麼？誰可以給出答案？

阿納絲塔夏值得擁有這種愛的力量！後人可能會比我們這一代更珍賞她的成就。我突然想為她做點什麼，於是走到她的面前，單膝跪下並親吻她的手。她也跪了下來，繞住我的脖子。我聽到她的心跳聲，感受到她奇特的髮香、令人心醉的鼻息，還有彷彿來自我的母親胸部的母乳香。我小聲地說：

「阿納絲塔夏，我要怎麼做才配得上妳呢？」

但她沒有回答，只是將我的頭埋入她的胸前。在我的人生中，也許從來沒有任何一秒、任何一小時、任何一天比現在更幸福了。

16 我們應在何處生產？

我實在很難平鋪直敘地回答這個問題，但我們仍須冷靜且不帶情緒地判斷：對父母和小孩而言，哪裡生產才是最好、最舒適的，是醫院的產房還是家裡？

據我所知，產房最早可追溯至採行奴隸制的古埃及和羅馬，當時的產房專供懷孕的奴隸使用。

奴隸產後可以陪孩子五到九天，回到工作崗位後，只能在餵奶或晚上時間才能去陪孩子。

這個情況持續六至十二個月，各地時間不同，端看主人對待奴隸的態度。孩子斷奶後會從母親身邊帶走，先交由受過專業訓練且同為奴隸的保姆照顧，長大後再依照主人指定的工作交由其他奴隸訓練。

舉例來說，男孩會由專家進行軍事訓練。這些不知道父母是誰的孩子在經過專門的體能訓練和心理塑造後，會變成對主人最忠心耿耿的戰士。他們從小就被洗腦，將主人視為父母——神一般的存在。當時甚至利用宗教進行這樣的洗腦。

古代的這種情形看起來與現在沒有兩樣，從產房、托兒所、幼稚園、中小學再到大學，一個奴隸就這樣培養出來了。但因為主人無影無蹤，奴隸還以為自己很自由，從未想過反抗。

古羅馬和埃及的菁英階級，甚至中產階級，做惡夢也沒想過要在家裡以外的地方生下自己的孩子。

他們會先叫產婆到家裡幫忙，再請醫生和占卜師過來。

俄羅斯首次出現的產房是專給妓女用的，這些女性有時會選在吉普賽營地生產，然後將她們不想撫養的孩子丟給吉普賽人，對方也會接收。

產房根本是種愚蠢的發明，無疑證明了女性失去了以家為重的天性，以及現代人對於原始起源與重要感覺文化的無知——男人對女人和親生孩子失去真正的愛的感覺，不再將他們視為自己的一部分和自己的延續。

在產房出生的孩子並非專屬於你一人，他同時也是別人的孩子。生產的過程包含受孕、懷孕和孩子的出世，而最後階段的重要性不亞於其他階段。如果你將這個階段交由不在乎你和孩子的人代勞，這表示你沒有完全關心自己孩子的出生，所以對他沒有完整的父愛。而孩子感受得到這點，因此也不會有做你子女的強烈感覺。

此外，愛也不會完整。這些孩子無法愛上父母，也無法熱愛生命，畢竟從他出生的那一刻起，生命就對他毫無吸引力。

這樣的空缺當然可以藉由你對新生兒做出某些行動彌補，但這並不簡單。

世界不同民族的孩子出生方式在越久以前似乎越是完美，反倒現在看起來荒謬又野蠻。

現代的生產似乎無異於割掉病人體內的闌尾。

不過我想講一件令人比較欣慰的事，就是已經有人開始思考這一切的本質了。

俄羅斯、美國和法國開始出現「靈性生產學校」，一些國家也已成立「產前教育協會」。

莫斯科和聖彼得堡有居家生產的相關課程，大家試著復興失傳的知識和傳統，喚回他們失去的愛。

我們來看看吠陀羅斯家庭的生產過程，阿納絲塔夏的描述如下。

17 吠陀羅斯人的生產

孕婦的母親和祖母會向她說明生產前夕可能出現的症狀和感受，柳巴蜜拉的祖母就曾詳細地跟她解釋自己生小孩的狀況。

一般來說，吠陀羅斯的女人都是在家裡的木盆生產，類似我們的浴缸，只是比較短、比較淺。這是專門用來生產的容器，事後還能當作嬰兒的搖籃。

先在木盆中放滿乾淨的泉水，加熱到與體溫同高；木盆外再放置給產婦放腳的階梯。木盆邊緣做成圓弧形，方便產婦用手支撐身體。當時沒有溫度計測量室溫，他們都說產婦光著身體、心情平靜時，不能覺得一絲寒冷或炎熱。

生產盆放在地上的方位要讓坐在裡面的產婦看得到日出。

盆子旁再放一小盆水。另外準備一張椅凳放在旁邊，擺上四條沒有刺繡或圖案的亞麻毛巾，布料不能粗糙。

吠陀羅斯人生產時，房裡只能有丈夫陪同，經驗豐富的產婆、父母或其他近親都不能在旁邊。

分娩開始前，孩子的父親先在家園門口點起事先準備的營火，冒出帶有香氣的白煙。親人和經驗豐富的產婆一般都圍在營火旁，通常還有一位智者。

產婦和丈夫雙方的父母用布和籃子裝食物和飲料，拿到丈夫事先在營火旁搭起的棚子，坐在椅凳上等候。

依照吠陀羅斯的傳統，誰都不能走進家園半步，產婦的丈夫也不能出來找他們或從遠處跟他們講話。

這種傳統不是什麼迷信，是有非常精確的心理考量的。為了迎接小孩，孩子父親的思考不能被任何人事物干擾，產婦更不能分心。

不過有父母、經驗豐富的產婆待在家園門口，還是能使年輕的準父母感到安心。如果真有突發的危險，他們還能幫忙，但這樣的狀況微乎其微。

子宮收縮時，產婦會一直對準備出生的孩子講話，鼓勵他，幫助他不帶恐懼地誕生在他的新世界。吠陀羅斯人清楚知道，在心靈和口頭上與準備出生的孩子溝通有多重要，要讓母親、孩子和父親參與其中。

還有一點非常重要：母親第一眼看到新生兒時，不能因為他的外表嚇到（暫時扁平的鼻子、剛出生的膚色等等），應該溫柔又開心地看他。

父親從水中抱起孩子，立刻用口吸乾孩子嘴巴和鼻子上的黏液，然後將他放在母親的肚子上，母親會讓他靠近自已的胸部。這個動作會使胎盤排出體外，父親接著將胎盤放在事先準備的容器中，然後拿起用火消毒過的刀子切斷臍帶，並將臍帶綁起來。

父親將孩子放到毛巾上，將他的身體洗乾淨後用第二條毛巾裹住，再抱到床上。他接著用木盆旁的另一盆水幫妻子洗身體，用乾淨的毛巾將她擦乾，然後扶她到孩子躺著的床上。

父親用口或手替妻子擠出母奶撒在亞麻被單上，再用被單蓋住剛生完的妻子和躺在她肚子或胸部上的寶寶。

隨後父親坐下來，靜靜地看著妻子。如果妻子想要，就和她說話；如果妻子睡著了，他也不會離開房間。

大約十五分鐘後，他點燃事先放在火爐裡的木柴。

他將妻子生產和洗身體的水倒在受孕不久後所種的兩棵樹中間，胎盤也埋在這裡。

聚在家園門口的親人看到煙囪冒煙，他們知道孩子父親這個作為代表生產順利，接著開始彼此祝賀，吃起他們帶來的食物或飲料，然後各自回家。

吠陀羅斯人知道，寶寶在胎中也能感受到父母的想法和感受，出生後依然身處在父母的氣場之中。如果有陌生人進到房間，就算是對孩子帶有善意的親人，他們的感受（善意也一樣）仍會讓孩子感到陌生，因而產生防備心。

此外，親人會在有意無意間使父母分神而無法想著孩子，畢竟孩子在父母的心理場域中會感到最自在。

* * *

做個實驗就能證明阿納絲塔夏說的這點。

很多女人都知道，餵奶時不能隨意聊天或思考而分神，更不能想不好的事情。她們要把注意力放在孩子身上，專心地餵奶、在心裡與他溝通。

想要證明寶寶確實感受得到母親的思想，可以試著走進母親正在餵奶的房間和她說話，孩子會立刻感到焦慮，甚至停止吸奶並哭出來。他變得不安，母親對他的心思變弱或不在他的身上。

但會不會是別人進來時的聲音或味道害寶寶不安的呢？

我打給女兒波琳娜，她接起電話跟我聊了起來。三十秒後，我聽到孫女小瑪麗亞的哭聲。

「她怎麼哭了？」我問女兒。

「我正在餵奶，爸爸。」波琳娜回答，「她不喜歡我分心。」

我趕緊結束對話，後來如果打電話過去的時機不對，我都會這樣做，因為孫女每次都會哭。

很多熟悉餵奶文化的母親都能證明這點，但如果母親不知道餵奶時與寶寶心靈接觸的重要性，總是大肆跟別人聊天或想著自己的問題，這個現象就不會發生在寶寶身上。為什麼？因為寶寶完全不知道可以和母親心靈接觸，他從未有這樣的經驗，所以無從比較。

有句古諺說：「跟著母乳喝下去了。」現代是什麼跟著母乳喝進寶寶的身體了？

人類社會學會製造各種衛星和洲際飛彈，卻失去了一個更重要的知識，就是生產和撫養的文化，最後造成人類把飛彈對準彼此。

有人會問胎教、哺乳和戰爭有什麼關係，當然有直接的關係！

很多人都對羅斯托夫的變態殺人魔齊卡提洛記憶猶新：他先虐待年輕女子，然後將她們殺害。這種造成人心惶惶的變態在其他很多城市也有，每次都得耗費大批警力追捕他們。

在這之中有個值得注意的規律，至少羅斯托夫的三個變態殺人魔都是這樣。他們的母親當初都曾墮胎失敗，因此孩子出生長大後才會找女性報仇。

請各位告訴我，對高中畢業生而言，是物理、化學和外文考高分重要，還是熟知受孕、懷孕和撫養孩子的文化重要？

我認為後者比前者重要無數倍，但教導這些知識的學科卻沒有在學校的課程裡，所以才有高中和大學畢業生不小心懷孕生小孩。她們往往會猶豫生下來好，還是墮胎好。如果選擇生下來，寶寶會變成怎樣的人？不但無法精通物理和化學，還要提防他們拿到刀棍。

在這個科技發達的年代，生出高度靈性的人顯得特別重要。

變態殺人魔齊卡提洛殺害及虐待女性確實糟糕，但好險核彈不是被這種變態操控。

好險、好險……但得加兩個字：現在不是被他們操控。如果社會再不改變對生產文化的態度，這種情況遲早會發生的。

＊＊＊

熟悉這種文化的拉多米爾和柳巴蜜拉，將兩人的第一個兒子從子宮帶到他的新世界，過程相當順利且毫無痛楚，說不定兩人和孩子還覺得很開心。

柳巴蜜拉生產時很輕鬆，也不害怕，甚至很愉悅。孩子出生時，她沒有發出痛苦的慘叫，而是用開心的叫聲歡迎他。她親手將孩子從水中抱起，將他擁入懷中。

拉多米爾用乾淨的水幫柳巴蜜拉洗身體並將她擦乾時，一直想要親吻她的每一寸肌膚，甚至想跪在她的面前。柳巴蜜拉笑著與寶貝兒子蓋著被單躺下時，他跪了下來，小聲且誠懇地說：

「謝謝妳，柳巴蜜拉。妳創造出來了，妳是女神，有能力讓美夢成真。」

「是我們共同創造的，拉多米爾。」柳巴蜜拉面帶微笑地回答。

18 絕非拉多米爾的最後一役

幸福的生活過了幾年，現在他們的孩子、孫子孫女、曾孫都住在各自的家園，不過拉多米爾和柳巴蜜拉的愛沒有消逝。雖然頭髮斑白了，但他們似乎一年比一年幸福。

一頭灰髮的拉多米爾獨自站在家園門口，看著前方的道路在小丘後消失。兩天前，他的幾個兒子和孫子就是沿著這條路出發打仗，尚未成年的孫子們也都去了。

他們面對前所未有的敵人。一位公爵從國外帶回一群身穿黑色長袍的人，他們不知為何自稱僧侶，還說所有村民自始以來的生活方式都是錯的，古老的信仰和儀式必須消滅，轉而膜拜其他神。

公爵、侍衛和衛隊也聽從他們的話。公爵一改信仰，那些黑衣人就宣稱他的權力來自於神。

除了黑衣人外，還有一群穿得與公爵衛隊一樣的士兵，他們攻擊一座又一座的村莊，要求所有人對神改觀。只要有人不願意膜拜他們的神，就拔劍殺了他們、燒毀他們的房屋和園子。

各家族的長老開會決定如何應對，還邀請僧侶和公爵參加，但他們一直在講新的神能為大家帶來更大的福祉，用沒有人聽得懂的理論誤導長老。這些長老從來沒有遇過這種情況。以前當明顯有敵人來襲時，所有家族的男人會迅速集結起來，不讓敵人侵犯自己的土地。

但這些黑衣僧侶滿嘴愛、服從和恩賜，揚言新的信仰可以讓人過著如天堂般美好的生活。

長者當下沒有意識到，在這些如同擋箭牌的漂亮話術背後另有主謀，而且那絕對不是神派來的。

吠陀羅斯的神不用劍，但這群僧侶背後是殺氣騰騰的侍衛隊。某些聚落的居民躲進了森林，某些則上場打仗，也有人陷入沉思。

那天破曉時，拉多米爾看著住在家園的孫子們和已在附近擁有家園的兒子們一起出發。他們凌晨時分在拉多米爾的家園碰面，彷彿前一天就說好似的。

「他們肯定說好了。」拉多米爾如此認定，畢竟他們的大兒子前一天才說：

「明天我們要上場練習打仗，我們要學會如何抵禦敵人，不讓他們侵犯我們的土地。」

他們離開後，到了第二天快要日落時都還沒回來。年邁的拉多米爾一直看著前方的道路。

忽然間，小丘上出現了一位騎士，他往拉多米爾的家園全速奔馳。奔騰的駿馬上坐著騎術精湛、與拉多米爾一樣灰髮蒼蒼的人。拉多米爾瞇起眼睛，認出那人就是他的兒時玩伴阿爾嘉。

灰髮的阿爾嘉跳下馬、喘了一口氣，馬上問起拉多米爾：

「還有誰跟你留在家園？快告訴我。」

「柳巴蜜拉在做晚餐，最小的曾孫一直追著她問問題。」拉多米爾平靜地回答，接著又說：「真奇怪，阿爾嘉，你怎麼直接問我問題，甚至沒有打招呼？」

「沒時間了，現在很急。你快去牽兩匹馬、準備三天的伙食，帶著柳巴蜜拉和曾孫馬上跟我走。」

「去哪裡？」

「去森林找德列夫利安人，我跟那裡的某一家人很熟，他們會安頓我們。我們躲進森林深處，敵人絕對找不到我們。說不定幾年後，人民就會清醒過來了。拉多米爾，救救你的曾孫，你的家族才能延續下去。」

「我以為你是趕來幫我的，阿爾嘉。你的馬鞍掛著兩把吠陀羅斯的劍，如果你打算躲進森林不讓敵人找到，帶劍做什麼呢？」

「只是以防萬一，我不打算與任何人打鬥，何況他們人數眾多，我們肯定會被擊敗的，何必死得不明不白呢？」

「我知道，你從來不和任何人打鬥，阿爾嘉，甚至也不參加送冬節男人的競賽。」

「現在不是談這個的時候了。拉多米爾，你我都知道人類可以永生，靈魂可以重新獲得肉身。但想要重生，人在死前不能想著死亡，而應想著美好的未來。思想在哪裡，人就會在哪裡重生。」

「這點我很清楚，阿爾嘉，我跟你一起上過智者的課。」

「那你應該記得，拉多米爾，你在戰場上隨時都有可能受傷死去，來不及想到自己的重生。」

「我記得，但我不能離開祖傳家園，阿爾嘉。它有生命，它不會理解為什麼與它為友的主人突然背叛賜予他愛的空間，任憑敵人將它撕裂。」

「有生命，不理解！你總是這麼多愁善感，拉多米爾，現在也是。好，你想留下來就隨便你吧。」

阿爾嘉快步地徘徊，撥動了馬的鬃毛，又走到拉多米爾面前。兩位灰髮老翁看著對方沉默不語，現在沒有人說得出他們的心為何強烈地跳動，大概兩人都百感交集吧。阿爾嘉又是第一個打破沉默，聽得出來他很激動。

「你想留下來就隨便你吧，拉多米爾。但是……但是……把柳巴蜜拉、你的曾孫和其中一匹馬交給我，至少保住他們的性命。如果你不願意離開你那有生命的空間，就留下來吧。」

拉多米爾看著朋友回答：

「你可以自己去問柳巴蜜拉，阿爾嘉。我知道你一直愛著她，所以才終生不娶，沒有建立自己的祖傳家園。」

「誰？我？愛她？胡說八道！」阿爾嘉又忽然快步地徘徊，似乎在說服自己。「我是藝術家，一生都在畫畫和雕刻，為什麼要娶妻？我是你的朋友，我想幫你拯救你的家族。至於柳巴蜜拉，我早已忘記她了。」

「你是傑出的藝術家，阿爾嘉。你也是最好的雕刻家，很多聚落的屋子裡都有你刻的作品，但大家都知道你畫的女人都長得像柳巴蜜拉，就連雕刻也是。」

「長得像？這有什麼關係？我只是想把某個類型的臉蛋畫到最好。」

「你這一生都一直小心翼翼地隱藏心中的愛，阿爾嘉，現在也是。我去過森林邊緣那棵孤獨的松樹，我知道你常常坐在樹下刻木雕。我不久前發現了你的祕密基地，還發現你藏了一件半成品，是個美麗的少女正在馴服火爆的馬兒。這只有柳巴蜜拉做得到，你我都知道這點。」

「不管愛不愛、畫的、刻的，這些都不是現在的重點，你要搞清楚。」阿爾嘉沉默一下後激動了起來，幾乎大吼地說：

「拉多米爾！拉多米爾，你的兒子全部戰死了，你的所有孫子也是！」

拉多米爾外表冷靜地看著阿爾嘉不發一語：

「救救自己吧，」阿爾嘉接著說，「我在戰爭前見過他們一面，試圖說服他們不要捲入這場實力不均的戰爭。你第一個出生的大兒子跟你一模一樣，簡直同個模子印出來的……」

「不要拐彎抹角了，阿爾嘉，我大兒子說了什麼？」拉多米爾問兒時的玩伴，但看起來並不激動。

「他說：『我們要上場打仗，至少拖住那些黑衣僧侶一兩個小時。』我就問你兒子：『為什麼你們要送死？這兩個小時對你有什麼用？』

「拉多米爾，你的大兒子回答：『這是我們全家討論的結果。』他還說：『要讓爸媽──拉多米爾和柳巴蜜拉──至少多過兩個小時的幸福時光。』

「雖然黑衣僧侶和軍隊的人數眾多，但他們和你們隔壁聚落的孩子們仍拖住了他們一整天。最後僧侶殺光了所有孩子、回到基地，明天早上就會朝你的家園來了。」

拉多米爾聽著朋友的聲音沒有說話，阿爾嘉繼續激動地說：

「我趕過來要救你的家族，你我都知道在地球上是可以重生的，但在家人身上轉世的機會更大。現在只剩你的曾孫可以延續你的家族了，把柳巴蜜拉和你的曾孫給我吧，我會……」

阿爾嘉突然語塞，靜靜地望向拉多米爾的身後。拉多米爾轉身看到柳巴蜜拉靠著樹幹站著，她的眼淚滑過臉頰，緊貼在胸前的手不停地顫抖。

「妳聽到阿爾嘉說的了嗎？」拉多米爾問柳巴蜜拉。

「聽到了。」她用顫抖的聲音回答。

「那為什麼要哭呢，柳巴蜜拉？」拉多米爾走了過去，摸摸她的頭髮、親吻她的手。
「我們的孩子犧牲生命，為我們爭取一天的幸福，所以我們現在不應該難過。」
「對，不應該。」柳巴蜜拉破涕為笑。
「妳很聰明，我的妻子。妳從智者身上得到的智慧遠遠多過別人，不如想想怎麼快樂地度過最後的晚上和早上吧。」
「我覺得不要辜負孩子的好意，就回我們愛的空間吧。小孫子還在等我們餵他呢。」
他們隨後牽手一起走向祖傳家園門口。
阿爾嘉爬上馬鞍，在他們背後大喊：
「你們兩個瘋了，多愁善感的笨蛋！你們要救自己啊，你們沒有能力打仗，如果受傷也可能無法將重生的想法送入空中。我要走了，我要救我自己，我建議你們也一樣。」
拉多米爾在門口前轉身回答灰髮的朋友：
「阿爾嘉，救你自己吧。快去森林的隱蔽處，我們的救贖之路不同。」
阿爾嘉策馬，使馬抬起前腳，全速往森林邁進。

19 他們會從星星再度返回地球

他們走向房子，曾孫尼科季姆正在屋裡等著他們。這時柳巴蜜拉說：

「拉多米爾，我想我們現在應該跟孩子玩個人生遊戲。」

「那是什麼遊戲？我沒有聽過。」拉多米爾驚訝地說。

「我也沒有玩過，只在小時候聽過兩個老智者在聊這個遊戲。這個遊戲的意義在於一個人和孩子一起演出人生的不同階段，另一個人在短時間內仔細地回想他對人生的瞭解，將這些知識透過心智傳給孩子。如果描述的人思慮夠清楚，孩子就能在潛意識中記得這些事情。等他長大後，他也能在自己身上找到很多關於人生的提示。」

「妳覺得誰要跟曾孫一起演，柳巴蜜拉？」

「你，拉多米爾，我會用思想說故事。」

「但妳要怎麼在一個小時內把所有的人生智慧告訴他？畢竟再過一小時，我們就得讓尼科季姆睡覺了。」

「我試試看，你開始吧，記得用拍手表示不同的人生階段。」

四歲的尼科季姆敞開雙臂跑到他們面前，拉多米爾將他抱起、拋到空中，再把他放到地上說：

「我最近知道一個好玩的遊戲，你想玩嗎？」

「好呀，」尼科季姆回答，「要怎麼玩？」

「我會說出人生中的一些事情，你要用動作或手勢演出來，但不能說話。奶奶會在旁邊看你的動作和手勢。」

「聽起來很好玩，」尼科季姆開心地跳上跳下，「馬上開始吧。」

「好，我們開始。」拉多米爾拍手後繼續說：「有個名叫尼科季姆的小男孩誕生在這個世界上，他還是一個很小的寶寶。」

小男孩立刻躺在地上，張開雙手、蜷曲雙腳，模仿嬰兒的哭聲：「哇——哇——」

拉多米爾拍手，繼續說：

「小寶寶會站了。」

尼科季姆馬上起身，像剛學走路那樣跨出第一步，接著搖搖晃晃的，手腳跌在地上。他爬了一公尺後又站了起來，但這次走得很穩。

拉多米爾又拍了一次手，接著說：

「小寶寶開始對周遭的事物感到好奇，觀察起昆蟲和小草，想知道蘋果怎麼生長、為什麼太陽會升起，還有為什麼不管是夏天或冬天，身邊的事物都這麼美好。」

小尼科季姆彎腰觀察小草裡的昆蟲，看著天空開心地跳上跳下，然後突然跑向爺爺、抱住他的雙腳，又衝向靜靜坐在草地上的奶奶。他繞住奶奶的脖子，臉貼著臉，親了她一下。

拉多米爾再次拍手說：

「有一天，所有人都離開了自己的家園，但不是順著道路離開，去了哪裡也不知道，可能像鳥一樣飛向星星了。小朋友一個人留在家園，接著一群壞人來了，他們把房子燒掉、砍光了園子。」

小尼科季姆聽著爺爺可怕的故事一動也不動，沒有嘗試做出動作，後來才開口：

「我不喜歡這個遊戲，這種事情不應該發生。」

「對，的確不應該發生，但這只是遊戲。」拉多米爾回答曾孫。

「那我不要玩了。」曾孫一邊跺腳，一邊大叫：「我不要玩！」

「我來吧。」柳巴蜜拉從草地上起身說，「小朋友看到壞人過來時，把他小時候跟他一起玩的熊叫了過來。他像以前那樣抓住熊的後頸，用力抓著牠的毛。熊帶著他往森林的方向奔馳而去。」

說完這句話，柳巴蜜拉往家裡動物棲息的小樹叢大喊：

「嘿，棕熊，快過來這裡！來，快一點！」

一隻熊從樹叢跳了出來，蹦蹦跳跳地跑到柳巴蜜拉的面前站著。她摸著熊的嘴巴，在牠耳邊講話，接著拍了拍牠的肩膀，雙手抓住牠的毛、跳到背上。

「駕！駕！」她對熊大喊。

熊用盡全力繞著圈子跑，直到柳巴蜜拉讓牠停下。

「但為什麼是騎熊去森林，不是騎馬？」拉多米爾問。柳巴蜜拉回答：

「馬在草原上雖然比熊快，但進到森林後會很無助，熊能在裡面找到食物和隱蔽處，況且熊在森林裡是最好的守衛。這樣明白了吧，我們繼續遊戲。

「熊跑到森林裡面，把孩子藏在壞人找不到的地方，一路保護到他長大。

「他長大後，有天遇到一個來林間空地採漿果的女孩。他們互相喜歡，後來也結婚了。他們找到一個壞人不知道的地方，在那裡蓋了家園、生兒育女。以前飛向星星的所有親人都回來了。」

尼科季姆要睡覺時想到這個遊戲，覺得一點也不好玩。

這時，柳巴蜜拉和拉多米爾在祖傳家園裡散步，回想他們在這裡度過的生活，一切都讓他們感到開心。

拉多米爾試著模仿柳巴蜜拉小時候站在草叢裡的樣子，逗得她像小孩子般哈哈大笑。

「妳還記得嗎？還記得妳那時候大喊我是變態，只因為我掀妳的裙子嗎？我只是用裙子幫妳擦淚，妳就說自己很不幸。」

「是啊，我都記得。」妻子笑著回答。「不過我現在想想，你當時其實用自己的襯衫幫我擦淚就好了。」

「我很聰明的，我想既然都要幫妳洗洋裝了，何必弄髒我的襯衫呢。」

「是很聰明，但你還是掀了我的裙子，你這個變態！噢，看看我們結婚的小丘，長滿了新的花朵。再看看雪松長得多大啊！我們結婚那天種的時候還很小呢。」

柳巴蜜拉雙手摸著樹幹，把臉靠了上去。她什麼話也沒說，拉多米爾又墜入愛河似地抱住她的肩膀，對她說：

「我們今晚要睡在哪裡呢，這裡還是屋裡？」

「你決定吧，親愛的。」

＊＊＊

隔天早上，一支五十人軍隊和兩位黑衣僧侶進到家園。士兵看到一位灰髮老翁站在雪松旁，與一名老婦人背靠著背，兩人雙手各拿一把劍。

「快看，」較年長的僧侶對士兵大喊，「你們看，他們就是異教徒！這兩個異教徒還生了小孩。不要用弓箭，用你手上的劍將他們碎屍萬段！」

兩名士兵舉起劍，從不同方向靠近這對老夫妻，試圖攻擊他們，但拉多米爾用劍打掉了一名士兵的武器，柳巴蜜拉則擋住了另一人的攻擊。老夫妻連續擋住第二次攻擊、第三次攻擊，接著士兵開始兩個打一個，但拉多米爾雙手拿著劍，揮劍快如閃電，同時抵擋兩人的攻擊，但未讓對方見血。

灰髮的柳巴蜜拉面帶微笑地抵擋敵人的攻擊。

「全部後退！」較年長的僧侶大喊，「有不乾淨的力量在幫他們！全部後退，全部拿箭射死他們。」

拿劍的士兵撤退，其他人舉起弓箭，但當他們準備發射時，那對灰髮的老夫妻突然丟掉手中的劍，面對面將對方擁入懷中。拉多米爾對著柳巴蜜拉耳語，她也投以微笑。

「在等什麼？快射箭啊！」僧侶大叫，「他們是異教徒！你們是神派來的！趕快射箭，不然我就詛咒你們！」

柳巴蜜拉身中一箭，拉多米爾中了兩箭，但他們看起來絲毫不痛，依舊緊緊站著抱住對方。

接著亂箭齊發，地上滿是鮮血。柳巴蜜拉和拉多米爾慢慢倒地，但也許是飛向星星了。他們倒在地上時，祭司派來的年長僧侶觀察他們的表情，心想：「他們死前沒有想著死亡，而是想著生命。他們的臉上沒有恐懼、沒有悲傷。我該怎麼做，才能阻止他們重生？」他害怕地急著想找出答案。

此時，僧侶身後傳來一陣躁動。他轉過頭後發現六名士兵死在蘋果樹下，每人手上都拿著啃過的蘋果，僧侶立刻明白怎麼回事。身為大祭司派來的使者，他知道吠陀羅斯的果園可以產出很好的果實，但只有果園主人願意贈予時才能食用。吠陀羅斯人將樹木和花朵視為有生命的個體，它們也以愛回報人類。樹木和花朵看到了外來者如何對待給它們愛的人後，蘋果樹將帶有劇毒的汁液從樹根吸到果實之中。

「不要碰！這裡的東西通通不要吃。」僧侶大喊，「我跟你們說過了，這裡是惡魔的地盤，這裡不乾淨。我代表萬能的神命令你們把這裡全部砍光！」

「快看！」一名士兵大喊，「快看那裡！」手指向家園門口。

大家轉頭看到一隻大熊蹦蹦跳跳地沿著園子邊緣衝向家園的門口，上面還有一個小男孩抓著牠的毛。熊衝出了家園，往森林的方向全速前進。

「抓住他們！」僧侶大吼，「沒有將他們碎屍萬段就不准回來！」

他知道只要讓一個吠陀羅斯人跑走，整個家族就會在地球上重生。他沒有告訴士兵這點，只是強調這是神的旨意：

「抓住他們！神命令你們剷除地球上所有不乾淨的東西，你們難道沒看到這裡多不乾淨嗎？」

小隊指揮官派出十名士兵追熊，目標是追上牠並殺掉小男孩。士兵跳上馬，全速追在熊的後方。

熊飛快地衝向森林，但速度沒辦法維持太久。士兵全力追捕，距離慢慢拉近。其中一名騎兵追上時，距離森林大約還剩一百公尺。騎兵在熊的旁邊準備揮劍砍小男孩，但熊突然用後腳站立，替小男孩挨了一劍。馬則往旁邊一閃、抬起前蹄。受傷的熊繼續衝向森林，只剩最後五十公尺了，但騎兵隊幾乎就要追上，每個人都準備好揮劍。

但他們忽然看到有人從森林裡騎著馬全速衝向他們。一位老翁一派輕鬆地坐在馬上，灰色的頭髮和鬍子在風中飄逸。他雙手各拿一把劍，用腳控制馬兒：

「駕！駕！」老翁大喊，驅策已經快得驚人的馬兒。

「他要跟我們開戰了，準備跟這個瘋老頭開戰！」指揮官對著騎兵大喊。

「可是他只有一個人，我們有十個，況且他還是個老頭，怕什麼？」一名騎兵反駁，「應該繼續追小男孩。」

「對，他是一個人，但他是吠陀羅斯人，不是懦夫就給我開戰！」

老翁騎馬繞著軍隊奔馳，用雙手的劍打掉外圍騎兵的武器，還砍斷了兩匹馬的馬鞍腹帶。但就在此時，他的駿馬中了一箭。

但灰髮老翁沒有駕著受傷的馬騎往森林，而是騎在森林外圍，引誘所有騎兵追他。當他騎到森林周圍一棵孤獨的松樹下時，他的馬跌落在地。老翁跳起身，跑到松樹下的草地找東西，騎兵隨後追了過來。

松樹的樹幹中了七箭，但第八箭射進了阿爾嘉的胸口。這位吠陀羅斯人躺在草地上沒有哀嚎，鮮血從他的胸口淌出。松樹無法哭泣，不過阿爾嘉死前的心思已經飄到空中：

我不求自己能夠重生，
願他們未來得以創造，
使他們幸福，給他們啟發。
重生、重逢、永世長存，
拉多米爾、柳巴蜜拉，我是你們的朋友，不是敵人！

這位吠陀羅斯人躺在草地上沒有哀號，即使虛弱不已，仍用盡力氣將他心愛的小雕像按在胸口。

「終將充滿良善！」他如囈語般對著心愛的小雕像說。松樹哭了起來，奇特的樹脂沿著樹幹流下來。

這位吠陀羅斯人突然睜開雙眼，眼眸依舊清澈，吃力地唸出每一個字：

「不要傷心，松樹，一切都是胡言亂語。我的思想會穿過紛擾的年代，明亮的世代會再次到來。我的心思會在清晨告訴世間的所有女神：一切終將充滿良善。」

最後騎兵沒有抓到熊和小男孩，他們試著在森林裡尋找，但無法應付那裡的環境。馬兒紛紛噴著鼻息，腳下沒有明顯的路，騎兵只好撤退，並告訴僧侶他們殺死了小男孩。

＊＊＊

幾年後，很多人都說自己在森林採香菇時，看到一個年約九歲的男孩。他會從灌木叢後方看著他們，但是不敢靠近，而且身邊總有一隻跛腳的老熊。

後來，兩個小男孩在森林裡迷了路，非常害怕，這時一位少年走了過來，示意他們跟在後面，帶領他們走出森林外通往聚落的路，接著又消失在森林中。從此之後，大家不再害怕這位森林少年。一年後，少年走向一群在林間空地採漿果的少女，她們沒有因為害怕而逃開。

少年體型苗條，有雙藍色的眼睛，穿著以草編成的衣服。他站在空地邊緣，不知為何只看一個名為普拉斯科維亞的少女。他目不轉睛地看著對方，這時所有人停下動作、看向少年。

為了不嚇到她們，他以極慢的速度往她們的方向走了幾步後，接著停了下來。他看到她們沒有因為害怕而跑開，便走到年輕的普拉斯科維亞面前，順了順自己的頭髮，有些吃力地開口說：

「我美麗的女孩，我可以與妳共同創造永世長存的愛的空間。」

普拉斯科維亞完全不懂這是什麼意思，但仍不由自主地臉紅，與少年聊了起來：

「你住哪裡？大家都說你一個人住在森林。」

「我目前一個人住在地球上。」少年回答。

「一個人？那你父母呢？不可能沒有親人。」
「他們都在，我的爸爸媽媽、哥哥姊姊，還有我的祖父拉多米爾、祖母柳巴蜜拉都在。」
「那他們住在哪裡？也住森林嗎？」
「他們飛到星星上了，但只要我找到另一半，他們就會回到地球。我要創造愛的空間，我們的孩子會在那裡誕生。」
「可是你在森林裡要怎麼找另一半？」
「不用找，我已經找到了。」
「那人是誰？」
「就是妳，我最美麗的女孩。我想請妳來我已經開始創造的空間。我要蓋房子，只是還需要一些工具。拿到工具前，我先搭了一座棚子。我一直在遠處觀察大家是怎麼蓋的。」
少女們開始竊竊私語、取笑少年，看來已經完全不怕他了。
普拉斯科維亞沒有回應少年的邀請，反而回到其他女孩身邊。
少年在原地站了一會兒，接著看向天空、張開雙臂，似乎在跟誰道歉，接著緩緩地離開林間空地。

少女們不再說話，普拉斯科維亞看著他的背影，突然信心滿滿地大聲對他說：

「明天在這裡等我，我會從我爸那裡偷工具當作嫁妝。」

少年立刻轉身，跑向普拉斯科維亞。

這是少女們第一次看到他露出笑容，讓她們都臉紅了。少年擁有與眾不同的微笑，眼睛也閃爍著光芒。

「他好帥！可惜他沒選我。」某個少女喃喃自語。

「我也想跟他走。」另一個少女脫口而出。

少年旁若無人地對普拉斯科維亞說：

「不要用偷的，這是不好的行為。」

「我開玩笑的，我爸會很樂意把所有的東西給我。」

從此之後，再也沒有人看過這位森林少年與隨著他不知去向的普拉斯科維亞。

20 混亂也有它的道理

「生命在地球上延續，但已經不是同樣的生命了。偉大的吠陀羅斯文明、它的傳統、儀式和文化在傳承數萬年後，被混亂又野蠻的人類社會秩序取代，首先出現的是我們的基輔羅斯政權，從此開始了延續至今的奴隸時期。」

「不過吠陀羅斯文明不是在更早以前就在其他地方被消滅了嗎？阿納絲塔夏，我記得妳說過，現在德國、英國、波蘭和波羅的海國家的民族以前都過著吠陀羅斯的生活。」

「是，我說過。這些人屬於同個民族，擁有共同的語言和文化。弗拉狄米爾，你仔細觀察就會發現，即便他們這兩千多年來與亞洲人混血，彼此依然相像，甚至外表也是。」

「但為什麼會這樣，阿納絲塔夏？妳說這是偉大的文明、偉大的文化，但這個文明三兩下就被刀劍、火和弓箭消滅了。」

「沒有消滅，弗拉狄米爾，這個用詞並不合適。只要地球上至少有九個人努力地體悟地球上神聖存在的一切，吠陀羅斯文明就會依然存在。而且其實不只九人，已有數十萬人漸漸在內心找到真理，改變自己的生活方式。他們很快就會超過百萬人，但在那之前，這幾十萬人必須自己先在內心尋找答案，瞭解當初災難發生的原因。」

「如果找不到答案呢？我們的網站上有很多人找了好幾年，試圖釐清人類在意象時期的生活中究竟犯了什麼錯。還有一個論壇叫做『意象時期的過錯』，但至今仍然沒有人找到這個過錯。答案很多，但大家沒有共識，或許未來幾千年也找不到。還是說人類根本找不到這個過錯？」

「找得到，或許只要一天或五到九年就能找到。」

「妳為何如此確定？」

「你想想看，弗拉狄米爾，不久以前根本沒有人討論這個主題，更別說是往這個方向思考了，但你剛才親口告訴我，現在有很多人在努力尋找答案。思想已經起步，猶如冒出幼苗的種子自然會找到光線。」

「或許某天會找到吧。大多數人每天都有例行事務要忙，但是妳、祖父和曾祖父有機會一直思考，而且可以取得有關過去的大量訊息，你們肯定有自己的觀點，為什麼不與我們分享、提示我們呢？」

「弗拉狄米爾，你是要我關掉人類的思考嗎？」

「為什麼是我要妳關掉人類的思考？只是給點提示，跟這有什麼關係？」

「如果正在試著思考答案的人把我的提示當作真理，就會立刻停止思考。他們接著渴望更多提示。這些提示真的會從四面八方不停出現，跟現在的情況一樣。人類每小時都被提示吃什麼好、喝什麼好、應該怎麼穿、去哪裡度假好、怎麼生活、去哪裡找神。結果呢？生活越來越差。神用祂的思想創造了宇宙，將思考的能力送給了人類，卻總是有人想盡辦法阻止別人思考。」

「所以說妳知道答案但不想說囉？」

「我不知道，但我可以推測。」

「那妳的推測是什麼？」

「也許混亂、錯誤的時期是必要的，這樣人類才會記錄下來而不重蹈覆轍。過去人類在有重大發現——擴及宇宙的發現——之前也有這種情形。」

「這個推測很棒、讓人更有信心了。阿納絲塔夏，不過妳剛說的吠陀羅斯家庭、柳巴蜜拉和拉多米爾的故事結局令人非常難過，不像妳平常樂觀的態度。」

「弗拉狄米爾，你怎麼會覺得這個故事結束了？生命會繼續下去，所以沒有一個有關生命的故事會有結束。」

「我知道曾孫尼科季姆帶著普拉斯科維亞離開、延續他們的家族了，但仍替拉多米爾、柳巴蜜拉和其他人感到惋惜，他們的故事無法繼續。我們只知道家族得以延續，但如果妳還有什麼可以告訴我，請繼續說吧，阿納絲塔夏。」

「好，我就跟你講不久後發生的事情吧。」

21 聯誼

「世人開始明白他們需要尋找自己的愛人，以前他們似乎都被灌輸一個觀念，總認為要靠緣分才能找到愛人。這當然說得沒錯，但是人也可以將命運操之在己，或至少提示命運自己要什麼。

「各地紛紛舉辦幫人尋找另一半的特別活動，甚至用到吠陀羅斯時期的一些儀式，不過依照當下的時空背景做了一些調整。

「每年秋天忙完夏季的工作後，各地都會舉辦大型聯誼，吸引尚未組成美滿家庭的男女老少共襄盛舉。

「這些人大部分都是你的讀者，弗拉狄米爾，也就是渴望建造家園、在裡面開創幸福家族的讀者。

「這些聯誼活動會在各地持續一個月，甚至三個月。你的讀者事先口耳相傳，接著從不同的地區或國家前來，有些來一個星期，有些待上一個月。比起其他想要組成幸福家庭的人，你的讀者擁有更大的優勢。所有參與者有個共同的目標：體悟並瞭解如何為自己未來的家庭創造幸福的生活。」

「阿納絲塔夏，等一下，為什麼我的讀者擁有更大的優勢？畢竟很多不是我的讀者的夫妻也有共同的目標，例如常有藝術家組成家庭。但他們大多數都會離婚，有些人還離婚好幾次。他們都有共同的目標和志向，但生活依舊不幸福。」

「你跟我說的不是同一種目標，弗拉狄米爾。職業不可能也不應該是人生目標，如果真是這樣，就表示人在貶低自己。

「你自己想一想，以商人這個職業為例，難道神的兒子或女兒天生會把買賣當作人生目標嗎？還是說開車、洗衣服，或在工廠來回做著同樣的工作？」

「阿納絲塔夏，妳說的這些職業雖然不可或缺，但稱不上高尚，還是有些比較高尚，或者說受人景仰的職業，像是大家熟知的醫生、太空人、將軍、統帥或總統。」

「弗拉狄米爾，你之所以覺得重要，只是因為這些職業製造了比較大的假象，讓你以為比較重要、比較有意義。誰知道呢？說不定有人刻意製造假象，讓那些將軍或總統誤以為自己的職業和地位非常崇高，造成他們可以完成宇宙任務的靈魂無法提升。神對他們的行為不感興趣，人只有在地球上創造屬於自己的天堂樂園空間、成為幸福美滿家族的開端時，行為才會像神，而且自己就能變成神。

「參加聯誼的讀者都有高尚的目標，不管男女都一樣。他們的優勢在於男人女人都已經在夢想裡為自己和未來的家庭想好了生活方式，所以相遇時就有彼此都感興趣的話題。

「畢竟你也知道，弗拉狄米爾，現代家庭的夫妻常常沒有共同的話題，沒有任何相似之處，沒有一樣的志向。兩人結婚後住在同一個屋簷下，卻各有想法和夢想，最後形同陌路，同居生活只剩怨懟。

「參加聯誼的人沒有結婚，但即使他們不認識彼此，關係仍比現在的許多夫妻更緊密。

「他們一起郊遊、舉辦時裝秀，所有的女人不分年紀先參加，再來是男人。在時裝秀上女人們會展示親手縫製或買來的衣服。

「晚上則在廣場或林間空地玩聯誼遊戲，例如我跟你說過的小河遊戲。

「他們彼此不會尷尬，不會隱瞞自己想找伴侶的願望。獨立撫養孩子的單親媽媽會把孩子帶到聯誼活動場合，並把這趟旅行的目的告訴孩子。孩子的參與和想法可以幫助他們尋找伴侶。我就讓你看看某場聯誼活動的景象。

「你看，這是夏季露天劇場，觀眾席坐滿了不同年紀的大人小孩。

「他們在台上輪流自我介紹。比較勇敢的人走到台上，有五至十分鐘的時間介紹自己及回答問題。有些人以幽默的方式自我介紹，也有些人一邊唱打油詩、一邊跳舞。自我介紹的形式不拘，你看。」

一位年約二十五歲的女孩走上台，留著時尚的髮型、穿著緊身的衣服。她往麥克風的方向只走了兩步，就忽然翻筋斗、大笑了起來，接著開始如職業模特兒般走秀、轉身，最後才整理頭髮，走向麥克風打趣地說：

「如何，男士們，這美女很棒吧？」

觀眾席傳來笑聲和掌聲，女孩繼續幽默地介紹自己。

「我最大的特點不是外表，我在祖傳家園學院是以高分畢業，表示我很會煮飯、可以祛除身體的任何病痛，還會鋪與眾不同的床。我能生出長得又高又壯的小孩……

「我沒有指定的對象，就讓你們男士彼此競爭吧。這個比賽可沒這麼簡單，參賽者可以用任何方式展現自我，贏的人就是……我愛上的人！」

在這位女孩之後，有個男孩走到麥克風前說：

「大家好，我是季馬，別人都這樣叫我。我十一歲，其實還沒滿十一歲，但很快就滿了……十二月的時候。我媽媽叫斯維拉娜，全名是斯維拉娜．尼古拉耶夫娜，她是一個厲害的餐廳廚師，但現在不在餐廳工作了。她剛失業時一直哭，但現在專門服務有錢人，為他們準備豐盛的節慶料理。她都在報紙上登廣告，接電話做生意。

「我還在上學，媽媽說我成績不夠好，但我知道已經不錯了。我不需要拿滿分，及格就夠了。

「我和媽媽來這裡找她未來的丈夫和我未來的爸爸，這樣我們就能有一個幸福美滿的家庭。我媽媽是個很好的人，她很漂亮，雖然一直瘦不下來，但不減她的風采。我和媽媽很常在晚上討論全家人以後要怎麼生活。我們現在住在單房公寓，每個月繳房租，不過只要有一個完整的家庭，就會蓋房子、開闢花園。

「媽媽已經拿到一塊地，我們今年夏天在那邊搭帳篷住了一個月，很好玩！

「我媽媽她沒有跟我一起上台，因為她很害羞，但我一直告訴她，她一定要上台；如果不上台，我們來這裡做什麼？為什麼要花這麼多存來蓋房子的錢？

「媽媽，快上來呀。」男孩對著觀眾席說。

但沒有人走上台，於是觀眾拍起手來，慫恿男孩的母親上台。

一位不高、微胖、年約三十的女人終於走上台，站在男孩旁邊，害羞得臉紅了起來。她勾住兒子的肩膀，但沒有說話。男孩正經地從褲子口袋拿出一張紙條，打開後照著上面的字唸：

「我和媽媽住在布良斯克州的新濟布科夫市，那裡原本有輻射，但現在變少了，未來還會更少。我們在這次的聯誼編號是二〇一五號，歡迎各位寫紙條給我們，就這樣。」

媽媽牽著男孩的手，在眾人的掌聲中準備走下舞台，但走到舞台邊緣時，男孩突然掙脫媽媽的手，幾乎用跑地回到麥克風前：

「我忘記說了，沒寫下來所以忘了。我媽媽會彈吉他，自彈自唱好聽的歌，只是聽起來都很悲傷。我媽媽還會畫畫，畫過花園和房子。我也可以幫忙建立家庭、幫忙蓋房子。我們城市選議員時，我還去貼競選海報賺錢。我們不久後又有選舉了。」

觀眾再度鼓掌，男孩也回到母親身邊。她牽起兒子的手，一起走下台、回到座位上。

此時，四名男子起身走向麥克風。第一位看起來四十歲左右，走路有點一跛一跛的，所以被其他男士超過，排在麥克風旁最後一位。他們輪流上前自我介紹，但並未當眾向她提出結婚的請求，因為聯誼中不能公開求婚，只能寫紙條，不過光他們上台這點，就表示他們想要進一步認識她和她的兒子了。輪到稍微跛腳的男士講話時，他走到麥克風前說：

「我叫伊凡，我在莫斯科有自己的公寓，快要四十歲了。以前是傘兵，三年前體檢判定傷殘後退伍，後來跑去做傳銷，但做膩了。我還留著一頂行軍帳篷、斧頭和野炊餐具，大部分都是同袍給我的。現在我的夢想是把這頂帳篷搭在布良斯克州的新濟布科夫市近郊，就在你們的帳篷旁邊，季馬。我會用工作換取在你們地上搭帳篷的機會。我會挖地窖、蓋圓木屋，只是不知道怎麼種植菜圃和果園。」

「我知道，我可以做給你看！」季馬從座位上跳起來大喊。

一天後，斯維拉娜、她的兒子季馬和傘兵退伍的伊凡離開了聯誼活動。

「阿納絲塔夏，可以告訴我這三個人之後的生活嗎？」

22 給有小孩的女人的結婚儀式

「他們的生活過得不錯，伊凡邀請斯維拉娜和她兒子來家裡做客，兩人在他的公寓住了一個星期，後來開始通信。春天時，伊凡將莫斯科的公寓以不錯的租金租給房客，自己搬到新濟布科夫市，把自己的行軍帳篷搭在斯維拉娜和季馬的帳篷旁。當過傘兵的他備齊了野外求生工具，甚至還有露營用的暖爐。他興致勃勃地為未來的家挖地基的溝渠，週末跟媽媽一起來的季馬更是熱情地幫忙。放長假時，他們開始都睡在帳篷，每天晚上在營火旁聊著未來家園的規畫。

「某次他們準備睡覺、營火也快熄滅時，季馬開口說：

『一般家庭的夫妻都會同房睡，小孩睡在另外一間。伊凡，不如我睡你的帳篷，你和媽媽睡我們的吧？』

『但我們還不是夫妻。』斯維拉娜反駁。

伊凡站了起來，伸手扶斯維拉娜起身，隆重但有點緊張地說：

『我美麗的女神，我想與妳與我們年幼的好兒子一起創造永恆的愛的空間。』

「斯維拉娜小聲地回應：

『我們準備好幫你完成偉大的創造了。』

「季馬開心地一邊拍手，一邊跳來跳去。後來他們在星空下完成結婚儀式、成為夫妻，同時完成認養儀式，季馬成為了伊凡的親兒子。」

「阿納絲塔夏，妳是要說那個叫季馬的男孩變成伊凡的養子吧？」

「是親兒子，伊凡變成季馬的親爸爸了。」

「但怎麼可能，阿納絲塔夏？這違反生物法則啊！」

「但沒有違反天意，吠陀羅斯人知道上天的法則。伊凡、季馬和斯維拉娜知道吠陀羅斯人如何為有小孩的女人舉辦結婚儀式，並且完成了這場儀式。」

「什麼儀式？他們怎麼知道？」

「你寫過。」

「我沒寫過。」

「弗拉狄米爾，我說的是未來會發生的事情。不久後你就會描述這個儀式，我正要告訴你。

「這個儀式的主要力量來自三人想要一起創造未來的思想與願望。在準備儀式的過程中，女人扮演至關重要的角色。女人必須懂得如何向孩子解釋以一家人生活的重要性，解釋有父親且父親與他共同打造家園、蓋房子、種植花園的重要性。如果孩子產生興趣，必須帶他一起尋找未來的伴侶和父親。只有母親最懂自己的孩子，想要達到預期的結果沒有一體適用的辦法，每個母親的方法都不一樣，達成目標才是重點。

「很多孩子無法立刻接受母親身邊、家裡多出一個人。如果孩子還不想有父親、與媽媽一起找伴的話，最好別帶任何人回家。

「母親只在一開始的儀式準備期間扮演重要的角色。儀式開始後，主要的能量其實來自孩子的思想。

「男女雙方決定一起生活時，如果女方的孩子還很小，可以選擇先同居，等孩子長大、意識到家庭生活的本質後再舉辦儀式。兩人必須一起努力讓孩子意識到這點。如果孩子長大後接受繼父當親爸爸，仍然需要舉辦結婚儀式，養子或養女才能在血緣和心靈上成為他的親孩子。這個儀式只有在未來祖傳家園的土地上舉行，才能發揮巨大的正面效果。不管是由男方或女方發起，重點是每個人都要對此有好感，特別是孩子。

「儀式應在戶外的星空下舉行，必須點燃營火或三根蠟燭。斯維拉娜和伊凡很幸運，他們宣示要共同創造生活時，天空正好有很多星星，營火也還沒熄滅，所以他們不用等到另一天晚上，就馬上舉辦了婚禮，而且每個細節都做對了。

「伊凡和斯維拉娜站在季馬面前，伊凡先開口說話，同時仰望天上的星星：

『在這片祖傳家園的土地上，我希望我們的家族過著幸福的生活。我希望蓋出一棟房子、種出一片花園。

『季馬，我懇求你同意我永遠娶你的母親為妻、答應成為我的親兒子。』

『如果伊凡你能與媽媽和我一起生活，我會非常開心，說不定我還會更用功讀書。我可以叫你爸爸嗎？』

『當然可以。』伊凡回答。

「斯維拉娜接著說：

『兒子，謝謝你幫我一起尋找丈夫。我答應成為忠貞的妻子，而妻子必須照顧丈夫。兒子，請你同意我在你的父親伊凡身邊照顧他。』

『當然好啊，媽媽，妳要好好照顧伊凡，我也會照顧他。我們替爸爸買新的義肢吧，我看他還用絕緣膠帶纏繞舊的義肢。』

「在這個儀式中不一定要講同樣的話，重要的是思想要被當時結婚的雙方和孩子上方的星球聽見。想要做到這點，必須事前準備寬口容器，例如玻璃杯或馬克杯。每個人都要用這種容器至少喝三口水，然後把水倒在手上洗頭；接著三個人躺在草地上至少九分鐘，頭靠著頭、握住彼此的手看向星空，在心裡懇求天上的星球幫助他們為家族創造幸福的生活，懇求愛待在他們的祖傳家園。如果三人的思想真誠又強烈，願望就會成真。

「婚禮當下，愛不需要很濃烈，彼此展現同理心、互相吸引就夠了。濃烈的愛一定會隨著時間到來，譬如幾乎每對吠陀羅斯人都需要一兩年的時間。

「這個儀式強大無比，但沒有故弄玄虛，只要天文學家和心理學家重現以前人類的知識，哪怕只有一點，都能明白這個儀式的宇宙力量。

「你懂嗎，弗拉狄米爾？植物、水、地球、星球和人類的想法都參與其中。當數人的願望合而為一，當這個願望也符合了宇宙的神聖本質，就能利用自然的元素將這個願望傳達出去。

「弗拉狄米爾，你已經知道遠在天邊的星球和地球上的花草昆蟲等所有生命之間具有緊密的連動關係，潮起潮落也是受到星球的影響。

「人的生命在很多方面無疑也受到星球的影響，但在舉辦這個儀式時，三人合而為一，要求或懇求星球讓他們往好的方向更緊密地結合。當人的目標符合神的安排，星球會將人的懇求視為大禮，對它們自己和人類感到驕傲。人類帶意識且真誠的請求，會使天上的眾多星球開始騷動，出現有利的加速。人類躺在地上時，在他們上方的天體便會默默聯合起來幫助人類完成他們的事情。

「這是某位智者耗費九十年才發現的，他不斷地觀察星球，並且將此與人類的行為做比較。

「後來智者們嘗試理解這個儀式後得出一個結論：星球或宇宙能量能以某種神奇的方式抹去人類以往不愉快的回憶，讓出空間給新的正面感受。

「不僅如此，這種能量還會興奮地拉近三個人的關係。

「弗拉狄米爾，你跟我說過先父遺傳，現代科學知道有某些能量會影響動物和人類身體的形成。你要知道，這些能量用肉眼看不見，不在可見的物質之中，但確實具有力量。還有，它們的影響也來自人類的意志，只要符合人類的意志，效力就能增強百倍。

「我要強調儀式的本質與先父遺傳恰好相反，舊的關係不會侵入新的結合，舊關係的所有能量反而會消散，給人新的力量、新的生命。」

「哇，這麼簡單的儀式居然有不可思議的效果，可以讓人產生血緣關係。」

「簡單？弗拉狄米爾，你仔細想想，這個你說簡單的儀式可能要花上不只一年的時間準備。舉行儀式前必須完成兩件重要的習俗。

「第一，舉例來說，母親必須讓孩子做好準備。再來，弗拉狄米爾，你仔細想想，伊凡一開始先說他希望用幫忙家務換取搭帳篷的地方。

「這點其實來自不同的儀式。單身漢——以前的人都這樣叫中年單身男子——每年必須花一個月的時間幫忙女人處理家務，獨居的寡婦或有孩子的母親都行，但不必一整個月都待在同一個地方。這個習俗不單只是為了幫助單身女子處理家務，而是為了讓人認識彼此，有利於組成家庭。單身漢拜訪寡婦時會說：

『太太，我來找工作的，妳有什麼事情可以給我做的嗎？』

「如果女方第一眼不喜歡單身漢，就會回答：

『家事都做完好幾遍了，而且我現在沒辦法給你報酬。』

「如果女方喜歡，則會給他兩三天的事情做，之後再給他更多工作。他有多少技巧或多擅長工作不是重點，重要的是他們是否互相喜歡。

「如果喜歡，女方可以要求男子待一個月以上，留下的人稱為贅婿。共同持家一年後，可以選擇結婚或分開。」

「告訴我，阿納絲塔夏，儀式過後，新婚夫妻會去辦結婚登記嗎？」

「如果必要，辦什麼手續都可以，但這不會妨礙主要的目標。」

23 上流社會的女性

我在寫完前一章時，想到這個儀式也能用在現代。今日在俄羅斯有很多地區的民眾，特別是《俄羅斯的鳴響雪松》系列的讀者都會聚集在一起，各自取得一公頃土地，在那裡開闢花園、蓋房子，建立屬於自己的小小家鄉。會這樣做的通常是家庭，但也有為數眾多的單親媽媽。我最常去弗拉基米爾城近郊的某個聚落，那邊目前共有六十多個開墾中的家園，也已經有小孩在當地出生。但是也有單親媽媽取得了一公頃土地，有時她們的孩子會幫忙，有時則靠自己的力量建造家園。你能想像嗎？一個女人獨自蓋出房子、種出花果。她們建造的不是什麼六公畝的小小夏屋，而是真正的家園。這對她們來說困難嗎？財務上很困難。我就認識一位女性把自己在莫斯科的公寓出租，將收到的租金拿去鄉下蓋房子。

由於資金不足，她不是每次都能請師傅，大部分的工作都是親力親為，但她做得很開心。她有目標，也欣然地往目標邁進。進度雖然緩慢，不過總是有什麼能彌補遇到的困難，這對她而言已不算什麼了。

從不同的聚落蒐集資料後，我決定要盡快寫一本有關她們的書。這會是一本真正的史書，讓我們的後代瞭解新的幸福文明是如何開始、由誰起頭。

同時，我也訪問到弗拉基米爾州「羅德諾耶」聚落創辦人之一的妻子，請她向我介紹一些未婚女性和她們的故事。以下是她簡短的描述：

葉夫根尼亞・T：生於摩爾多瓦，五十三歲，地質學家。面貌姣好，擁有好萊塢明星也相形見絀的笑容。她在莫斯科近郊的馬拉霍夫卡擁有一間公寓，但不住那裡，她說：「這裡才是我的家。」

她是在二〇〇三年第一次來到此地，那時她去了森林採香菇。

「他們警告我，」葉夫根尼亞說，「這不是一般的森林。但我回答他們：『我是地質學家，不會迷路的。』結果我在方圓三公里內走了十二個小時！我回來時已接近半夜，腳都快斷了，但我說：『就是這裡了！』後來我以每月一萬零五百盧布的租金將馬拉霍夫卡的公寓出租，開始把這些租金拿來開闢家園。我在自己土地附近的司圖堅左沃村租了一間房子，那裡的壁爐十年沒用了，房子也破舊不堪。我始終無法點火，我必須把動物在煙囪築的巢清出來才行。

「我都一個人待在村子裡過冬，有時到柯尼亞耶弗村做客。我木材用得很省，偶爾才會點火。秋天時，我打好地基，蓋了一間四乘四公尺的圓木澡堂，整個冬天再用麻屑塞住空隙。我現在聽得出下雪的聲音了。

「我在室內都穿三條褲子、三件毛衣，再加一件外套和遮耳毛帽，到戶外工作時會穿少一點。春天時，我用刀子削掉剩餘木頭的樹皮，現在房子的每根圓木都刨過了。我聽得到雪融化的聲音。

「我需要有人幫我修理壁爐，所以我穿上保暖衣物，帶著沒有鉤子的釣竿走到一群男人釣魚的池邊。我把釣魚線放進冰洞（希望那些男人沒有看到我的『釣具』），跟他們聊起天來，最後『釣』到了一個會修壁爐的人。如果我需要拖拉機，我就到路上攔下第一輛經過的拖拉機。」

她有一塊菜園，相當整齊且長得不錯。第一年，她用枝條圍出一間廁所和夏日廚房。完全沒有東西吃時，她就吃稀飯加魚油。她很會煮飯。她過於熱切的行動力有時讓大家頭痛，當地人甚至會避開我們，但房子已經蓋成了！她說到做到。

柳博芙・E：生於遠東地區，現年五十八歲，住在彼爾姆二十七年、羅斯托夫州齊姆良斯克二十年。魚類學家，專攻魚類保育，現已退休。母親八十四歲，三十歲的兒子住在彼爾姆（育有兩個孩子），十八歲的兒子住在齊姆良斯克。

她從今年起開始往回計算年紀，說自己即將五十七歲。她從二〇〇三年秋天開始建造家園，那時她在這裡待了十天，割雜草、種圍籬（雲杉、松樹、樺樹、白楊樹、椴樹、楓樹）。她的土地整理得很好。冬天時，她帶了五萬盧布過來——母親的畢生積蓄，搭起圓木屋並蓋上瀝青布；春天時，她和前夫一起出現，前夫在往彼爾姆的路上順路載她過來。他們一起在土地上工作，她說：「要是以前像現在這樣，我就不會離開他了……」夏天時，她在七月六號過來（來得很趕，因為她想參加伊凡庫帕拉節[7]）。她很喜歡過節，會唱歌、彈吉他和跳舞。她每個月可以領到兩千盧布的退休金。她在夏天辭了職，錢還夠用，只是交通費應付不來。大家幫她買磚塊、水泥和木材，她自己花了一個月做壁爐座、打木屋地基、用柱子撐起橫梁，最後填塞整間房子，還做了屋簷和夏天用的火爐。她用獨輪車載運石塊、沙子和碎石。她原本以為自己做不到，但最後成功了！她變得更強壯，還瘦了下來，開始在湖裡游到對岸再游回來（以前做不到）。她看起來年輕了十歲（遠比她夢想的年輕一歲還多），眼睛炯炯有神，總是露出微笑，跟這裡所有人都很好。她蓋的房子要給自己和媽媽住，打算春天時和媽媽搬進來住。她希望彼爾姆的兒子可以帶著孫子過來，先做客再決定要不要搬過來。她沒有錢，也沒有收入來源，只有父親打仗後帶回來的義大利舊小提琴。十五年前，專家鑑定這把小提琴在修復前至少值一萬至一萬五千美金。她很希望把它賣掉，小提琴是拿來彈的，不是放在博物館展示的。如果順利賣掉，工程進度就會更快；如果賣不掉，一切都得自己來，可是沒有木板要怎麼鋪地板和天花板？她很擔心沒錢，但房子都已經蓋了。她九月還會再來一個月。冬天時，她到彼爾姆探望孫子，後來沒有坐直達火車回羅斯托夫，而是順路去她那塊地待了一天，在土地上站著、四處走走……

娜塔莉亞．D：生於沃洛格達，來自莫斯科，育有二女，分別為兩歲和五歲。

---

7 伊凡庫帕拉節（Ivan Kupala），俄羅斯慶祝夏至的節日。

她從五月底開始住在帳篷。她離了婚，想把孩子帶離城市，不希望她們受到制度的壓迫。今年夏天又冷又下雨，但她沒有半點怨言。大家幫她弄了一台舊拖車，而她把車內的壁紙全部撕掉，徹底打掃了一番。她很想鋪木板、加裝防寒設備，所以把錢都拿去買木板了。她沒有錢，丈夫會給孩子伙食費。她現在跟孩子住在一起，在鄉下幫男人打地基賺錢。她夢想住在家園，如果今年冬天做不到，希望至少明年冬天可以。她研究了所有可以自行建造的房屋種類（土磚房或地下屋）。孩子變得越來越平靜，也越來越開心。

她有次順道拜訪柳博芙，看到她蓋的房子時說：「妳做得到，那我也做得到，畢竟我比妳年輕又強壯。」她一定可以的！

她笑顏常開，擁有美妙的歌聲、高等學歷和美麗的靈魂！

我太激動了，抱歉，我真的太欣賞她們了……

娜潔日達·Z：白俄羅斯農民，車諾比核災後居於亞素郊區，之後在蘇茲達爾近郊的帕瑞茲柯耶生活了一年（等候土地的期間），去年則住在柯尼亞耶弗的某戶人家。

她從今年夏天開始蓋自己的房子，兩個成年的兒子目前住在俄羅斯，女兒和白俄羅斯的姊姊也已拿到土地，他們希望可以在一起。丈夫和孩子都有工作，娜潔日達則專心持家、監督工程，也親自動手蓋房子。她曾在職業舞團跳舞多年，擁有芭蕾舞伶的儀態，甚至在推裝肥料的獨輪車時也展現出優美的身段，讓人忍不住駐足欣賞！家裡有兩隻狗、四隻貓（專門抓老鼠）、幾隻兔子、母雞（斯米爾諾夫種，革命時期於田庄保留下來的品種）、一隻山羊和幾隻鴿子。家裡種滿各式各樣的花朵，有一般的，也有外來的品種。她對自己需要知道的事情瞭若指掌，丈夫和孩子都很支持她，但她凡事必須自己來，因為他們的生活方式不同。她對於創造未來這個目標相當堅定且有自信。她最近摔斷了右手（從腳踏車摔下來，那是孩子送給她的五十歲生日禮物，讓她騎來代步），休息一天後，隔天又去耙乾草（冬天飼料）。她最近都在漆木板、刨木板，我問她受傷要怎麼做，她回答：「只用左手。」她總是笑口常開、喜歡唱歌、人見人愛、學識淵博，是我們尋求意見的對象。她身形嬌小勻稱，是全家人的支柱。她在很多方面都很在行，包括房子、工程、動物、菜園、醃漬罐頭，還釀了一手好水果酒！她沒有公寓或房子可以回去住，今年秋天前就要搬離村裡的房子，因為主人要回來了。她要在新的房子過冬！

這些資訊是我在一年前取得的，現在這些女主角都蓋好了房子，沒有人打算放棄目標。這些女性無疑體現了這段詩句：「她們停下奔騰的馬兒，進入著火的小屋。」不過我要接下去：「她們親手建造家園，將男人帶往永恆。」但這些男人在哪？如果她們從早到晚忙著偉大的事業，要怎麼認識男人呢？

國內個個角落有多少年輕女性夢想著共同創造祖傳家園啊！希望她們能在創造前找到自己的人生伴侶。

我曾想過建立一個資料庫，讓這些女性登記資料，而男性可以拜訪她們、暫時幫她們做事。說不定她們還能挑選伴侶，不能是男性挑她們，而是她們挑男性。

我們有「上流社會的女性」這種說法，意指進入所謂富人或名人菁英階級的女性，但是如果這種階級對社會沒有半點貢獻，只有八卦小報上的報導，怎能稱得上是「上流社會」呢？如果你娶了這個階級的女人，如同許多男性的覺悟，你只會面臨一堆任性又不合理的要求。

我認為上流社會的女性應該是那些正在建造祖傳家園，並打算在家園生下健康孩子，或將親手建造的地方傳給孩子的已婚和未婚女性。

只有她們能為個別男性和整個國家帶來益處，她們所生的孩子會成為未來文明的門面。阿納絲塔夏祖父提到要從國家層面解決家庭的問題，這句話說得千真萬確。現在如何解決這些問題，俄羅斯家庭自己最明白，但也不只有俄羅斯家庭而已。

我們必須設法解決舉辦活動的問題，幫助這些女性，更正確來說是幫助男人認識正在建造小家鄉的女人。

我請 Anastasia.ru 管理員思考如何在網站上增加男女認識的機會。未婚的女性和男性讀者可以在網站上公布地址和聯絡方式，如果沒有電腦，提醒你們現在幾乎所有城市都有網咖，可以去那裡上網閱讀資訊；郵局也有供人上網查詢的服務。

從我開始吧，我接下來要寫一段訊息給所有拙作出版地的男性，拜託歐洲和美洲的所有譯者特別強調這段文字。

各位男士，你們很多人——特別是尚未組成家庭的男士——都想遇見那個唯一的女人，與她一起創造幸福的生活，但要如何找到這個女人呢？唯一的辦法似乎只剩下求助為數眾多的婚友社，但請你們注意，幾乎所有婚友社都會優先考慮外表和年紀，對於個性和人生目標只有一點在乎，況且這個「一點」有多少仍待商榷。確定的是，那些大方展示自己青春、美貌和笑容的女性，準備與你簽訂結婚契約時都會附帶一個條件，就是你要有錢且保證讓她們生活優渥。莫斯科甚至有些咖啡廳會有漂亮的女生聚在一起爭奪有錢的男人，這不是什麼新奇的現象了。「但這有什麼不好？」有些男人可能會問。「我夠有錢，可以與年輕貌美的女人簽訂結婚契約。她只要滿足我床上的需求，讓我在上流社會炫耀就好了，畢竟跟年輕人交往，自己也會變年輕。」這沒關係，不過就是有個「但是」。你那位年輕的同居人心裡在想什麼、夢想著什麼？她畢竟是活著的人，能夠吸引人、能夠愛人，只是她愛的對象絕對不是你。她遲早會出現逃離你的願望，將你視為阻礙她得到幸福的絆腳石。她就算不簽下要你性命的合約（你也知道真有這種事情），或在你早上喝的咖啡裡下毒，一旦腦中出現把你除掉的想法，即便只是潛意識的想法都要不得。由此看來，你以為自己把溫柔善良的美女帶進家門，實際上你是引毒蛇入室。兩者差距只在外表，所以你沒有把這條毒蛇放在堅固的玻璃箱內，而是讓牠躺在你的身邊。

在對抗我們生命中這種有破壞性的現象時，或許有些女性已經成為新幸福文明的預兆。她們建造祖傳家園不只是在頭上搭屋頂，而是為新的生活打下基礎，一個真正的基礎！

行將就木的百萬富翁遇見這種女人後可以恢復活力、重返青春，事業如日中天的商人沒有了她也會失敗。能夠延長壽命的不是錢財，而是愛人的思想，以及你與她共同創造的愛的空間；而且不只延長壽命，這還能創造條件讓你迅速且有意識地轉世，讓生命變得永恆。

無論我寫了什麼，無論我提出什麼論點，都不會比你實際遇見這些女人更能觸動你的心，懇求你試著認識世間的這些永恆女神吧！

或許你們的相遇會與阿納絲塔夏描述的情況類似。

24 數千年後的相遇

某天，一位年約二十五歲、名為柳巴的女孩前來參加聯誼，她穿著略微過膝的素色裙和繡了圖案的亞麻上衣，單肩揹著小包包，裡面只裝了幾件換洗衣物。她走在街道上，想要找間民宿過夜。聯誼期間所有飯店、旅館和民宿都被訂光了，她又住不起昂貴的飯店，所以只想找個樸素一點的地方；但在這段期間，連民宿都不可能有空房。柳巴看到一個女人從私宅大門走出來，沒有抱著太大希望地上前詢問：

「您好，冒昧請問您，您的房子有地方給人過夜嗎？我想找便宜點的地方睡。」

對方回答：「別白費力氣找了，姑娘，房間早就沒了，大家都事先透過旅行社訂好了。別浪費時間，妳還是去火車站吧，不然那裡連坐下的地方都沒了。」

「謝謝您的建議，我想也只能這樣了。」柳巴回答後回到街上，往火車站的方向走去。

「等一下，姑娘，妳過來。」女人叫住她後，柳巴走了回來。

「我跟妳說怎麼做，妳去旁邊第五棟房子那邊敲門或按門鈴。大門上有門鈴，妳按按看，說不定會有一個長得像巫婆的老奶奶應門。她是希臘人，有鷹勾鼻。我先生說希臘的女人年輕時都很漂亮，但老了個個變巫婆。姑娘，妳可以問她有沒有房間給妳住。她先生在世時，她很常讓人留宿，但先生死後這三年，就沒看過任何人留宿了。不過妳還是可以試試看，說不定她會一時想開收留妳。」

「謝謝您，我會試的。」柳巴說，接著走到她所說的房子前按下門鈴，過了一分鐘又按一次，但沒有人應門。十分鐘後，大門咯吱作響地打開，走出一位駝背的老奶奶。她剛才從佈滿葡萄藤蔓的通道走過來，一路嘟嘟囔囔到開門，甚至也沒問候，便說：

「姑娘，一直按門鈴做什麼？」她不耐煩地問。

「我想在您這裡留宿。您的鄰居——一個善良的女士——建議我來的。」

「她一點都不善良，她是在取笑妳，我很久以前就不給人留宿了。」

「我知道，她跟我說了，但我找了一整天都沒地方過夜，才決定來這裡碰碰運氣。」

「碰碰運氣？妳在我這裡碰不到運氣的。你們所有人都想來碰運氣，妳和大家一樣都是來找未婚夫的嗎？」

「我想找我的心中所選。抱歉打擾您了，我還是去火車站過夜好了。」

這時天空下起毛毛雨，老婆婆發了幾句牢騷：

「碰到這些姑娘可真倒楣！真是倒楣！現在還下雨了，好吧，我讓妳住在庭院的棚子，那裡有吊床，還有長椅和釘子給妳掛衣服，一個晚上妳要付我五百盧布。」

「五百盧布？」柳巴嚇了一跳。

「不然呢？妳以為是在親戚家過夜嗎？」

「那就五百吧。我原本想說住個十天，但沒關係，現在住五天就好。老婆婆，我答應您的要求。」

「進來看看妳睡覺的地方，妳每天都要事先給錢。」

五天過去了，第五天早上柳巴開始將她樸素的衣物整齊地收進包包。老婆婆拄著拐杖，一路嘟囔地走了過來。

「收起行李了啊，姑娘？要走了嗎？」

「是的，老婆婆，五天過了。」

「也是，車票買了嗎？」老婆婆問她後坐在長椅上。

「嗯，我當初就買好來回票了。火車其實是在五天後，但應該可以換成今天或明天的票。」

「換不成的，要坐車的人太多了。姑娘，妳就多住個五天，等車來了再走。」

「沒辦法住，我沒有錢了。」

「不用錢。不用付錢，妳住吧。」

「謝謝您，老奶奶。」

「謝謝我？只是多住幾天對妳也沒用。」

「為什麼？」

「我一直在觀察妳。妳找男人的方法不對啊，每天一大早爬起來做什麼？所有男人一大早都還在睡覺，妳卻老是很早起床。晚上派對正要開始，妳就去睡覺了。所有男人都狂歡到半夜，而妳十點就睡了。妳還穿得跟修女一樣，也不化妝。找男人的方法不對啊。」

「老奶奶，我要把身體準備好與另一半相遇，所以要盡量維持規律的作息。我不化妝，是為了讓他認出我來。」

「認出妳？姑娘，妳腦子怪怪的。」

「媽媽也這樣說我，但我就是這樣。我常常夢到他到世界各地找我，卻遍尋不著。」

「做夢？妳有做夢？在這裡也有夢到嗎？」

「有，夢到兩次了。一次夢到我在大花園裡散步，他也在裡面，但我們一直無法接近彼此。我彷彿聽到他的聲音，他一直對我說：『妳在哪裡？妳在哪裡？』」

「聽到聲音？姑娘，妳可能要去看醫生了，另一半在妳的腦中出現是怎麼回事？妳還在夢中聽到他的聲音？」

「我有時還會夢到我跟他很久以前一起生活過，還有孩子和孫子孫女。」

「生活？有孩子？姑娘，該不會妳還知道他的長相？」

「知道，他比我高半顆頭、淡褐色頭髮、深褐色眼睛，他有善良的笑容，門牙中間還有小縫，走路起來很挺拔。」

「門牙中間有縫？還有走路的樣子？如果實際上是別人呢？」

「我看過很多人了，媽媽在家每次都罵我，說我的白日夢會害我變成老處女。」

「老處女？那肯定的，妳做這種白日夢是找不到、認識不了男人的。姑娘，我跟妳說：妳今天晚上把我的花披肩披在肩上，綁得時髦一點，晚點去河堤那邊散步。」

「謝謝您的好意，老奶奶，但我不能讓披肩遮住我的衣服，衣服上的圖案是我親手繡的。

我夢過這個圖案，彷彿我以前穿過這件繡了圖案的衣服，與我的另一半在花園裡散步。」

「圖案？散步？姑娘，妳……哎呀，讓老天幫妳評斷吧。屋裡的桌上有牛奶，我還做了餡餅，拿一些去吃吧。我要去鄰居家了。」

老婆婆一邊發著牢騷，一邊離開：「傷腦筋，我真蠢，當初讓她過夜，搞到現在擔心起她。我去找鄰居的兒子談談，看他對她有沒有興趣。肯定會有興趣的，他是深色頭髮，不過她想找淡褐色頭髮、門牙間有縫，我沒有鄰居長這樣啊，真是傷透腦筋！」

那天早上，柳巴走到花園廣場散步，買了馬鈴薯泥餡餅當午餐吃。她經過一家餐廳時，剛好有一群男人走了出來，開心地用外語聊天。他們看見柳巴後，用他們的語言跟她說話，但柳巴聽不懂而繼續往前走，於是他們馬上和其他女孩說話。

就在此時，她還沒轉頭便感覺到在那群有說有笑的外國人中，有一個人脫隊跟在她的後面。她知道他是為了找她而跟在後方，她沒有加快腳步，甚至數起對方的腳步，心臟不明所以地顫動著。她感覺得到對方的呼吸，後方的外國人突然用她聽不懂的語言說：

「美麗的女神，我能與妳共同創造永恆的愛的空間。」（譯自德文）

柳巴聽不懂這句德文，卻不由自主地低語：

「我準備好幫你進行偉大的共同創造了！」接著轉向陌生人。

一位高她半顆頭的年輕男子站在她的面前：淡褐色頭髮、深褐色眼睛、善良的笑容，以及門牙間的小縫。他對柳巴敞開雙臂，柳巴不由自主地投入他的懷抱。他抱住她顫抖的身體，彷彿認識了一輩子。

天上看不見的星球高興地顫動。噢！它們要做多少安排，才能牽起數個世紀的命運之線啊！但它們成功了，兩人終於相遇、擁抱了！

拉多米爾與美麗的柳巴蜜拉！就算他們不記得過去的日子，他們的靈魂仍可創造美好的未來。

海灘上的遊客不明白為什麼有一男一女在沙子上畫某種設計圖或草圖。他們講著不同的語言，但似乎都能理解對方。他們有時討論畫出的圖，有時有點爭執，但又會突然開心地達成共識。

柳巴蜜拉和拉多米爾忘我地畫著圖，不知道自己在沙子上畫的圖就是他們在五千年前結婚前所畫的美麗家園。

「這裡應該弄個圓形的池塘。」拉多米爾用自己的語言說，同時在沙子上挖出一個圓洞。

「不行。」柳巴蜜拉輕輕地說，「應該做成橢圓形。」同時將圓形改成橢圓形。

「沒錯，橢圓形的確比較好。」拉多米爾認同，似乎想起了什麼。

那天傍晚，他們回到柳巴蜜拉留宿的地方，請求年邁的女主人准許她的伴侶能在睡前待在這裡。女主人答應了。

柳巴蜜拉面帶微笑地躺在吊床上睡著了，他則坐在長椅上，輕輕地搖著吊床，用樹枝小心翼翼地將蒼蠅趕走，接著他以輕柔的聲音唱起歌來。

老奶奶待在屋裡的窗後，透過窗簾的縫隙看著他們到日出前。

早上屋前的桌上放了牛奶和餡餅，並用白布蓋住。老奶奶親手寫了紙條放在桌上，柳巴蜜拉唸了出來：

「我有事出門，兩天不在家。幫我顧家，為了顧家就睡我的主臥室吧。冰箱裡有食物……」

柳巴蜜拉和拉多米爾一起離開了，但去了哪裡？時間會見證他們的家族將在哪裡重生。

25 阿納絲塔夏的婚禮

與阿納絲塔夏的祖父道別時，我對他說：

「請您原諒我當時在泰加林誤解了您對組黨所說的目標和任務，現在我懂了：家庭在一國之中扮演的角色越強，就會有越多善良的家庭，國家也會更有秩序。

「我們必須恢復祖先所想出來的習俗和儀式，只是需要依照現代的時空稍做調整。總而言之，我開始明白我們所謂的『儀式』一詞不足以形容這些活動，這些是有關生命的偉大科學，智者是至高無上的導師與學者。

「除此之外，你知道我現在後悔的是什麼嗎？我後悔當初認識阿納絲塔夏時，對這些儀式一無所知，後悔不知道能在這些儀式中善用星球為家庭帶來好處。這些我都不知道，阿納絲塔夏只能在沒有結婚的情況下先後生了一男一女。」

祖父給了我一個狡猾的眼神，在灰色的鬍鬚下可以看到他笑著說：

「你現在知道了，所以在想阿納絲塔夏生的一男一女是不是你的嗎？」

「不，我不是很擔心，只是覺得應該和阿納絲塔夏完成必要的儀式。」

「弗拉狄米爾，你會後悔很好，這代表你開始明白存在的本質和人類社會現在的認知了，但你不用對阿納絲塔夏感到後悔，她早在與你共度第一晚前就結婚了。」

我好一會兒說不出話來，後來才回過神：

「跟誰？我沒有參加，這點我很清楚。」

「你是沒參加，對我們來說，她一個人就夠了。我父親花了整整三天才從這件事情中恢復過來，百萬年來沒有任何智者能夠想出像她那樣奇怪的行為。總歸一句，她就是結婚了。」

「跟誰？」

「可能是跟你。」

「但我沒結婚啊，而且為什麼是『可能』？您不確定嗎？」

「弗拉狄米爾，她做的事情至今無人可以評斷。或許她是獨自創造出這種至高的儀式，讓所有女人都有機會使非婚生的孩子變成婚生的；又或許她在天上創造了什麼東西，她的創造可能也只有某位智者可以評斷。我還是按照順序跟你說吧。

「你第一次與阿納絲塔夏到她的林間空地、準備在她的洞穴睡覺時，我們也必須去她的林間空地。」

「為什麼？」

「她要我們來的。我們感覺到她的呼喚，所以我和父親一起來到湖邊。

「阿納絲塔夏站在湖邊，手裡拿著以花編成的頭冠，整個人看起來相當隆重，彷彿新娘一樣。我們走向她時，父親嚴肅地問：

『阿納絲塔夏，是什麼事情讓妳打斷我們晚上的思考？』

『兩位爺爺，除了你們，我沒有人可呼喚了，只有你們可以瞭解我。』

『說吧。』我的父親同意。

『我要結婚了，所以請你們來幫我證婚。』

『結婚？』我問阿納絲塔夏，『結婚？妳的新郎呢？』

「父親主導對話時，我其實不應該說話，所以他嚴厲地看了我一眼。阿納絲塔夏也沒有回答我，直接對著父親說：

『舉行婚禮時，年輕情侶會先被問到之後如何生活、想要一起創造什麼空間。』

「父親知道這點，他也同意不打破規矩。接著，孫女此時好像你們所說的把我們『關機』了，或者說是用美好的夢迷惑了我們。

「阿納絲塔夏講起她未來的鄰居。她會用自己的思想創造全像投影，這點你也知道，弗拉狄米爾。」

「是的，我知道。」

「不過那時候，她用特別快的速度在湖面上方投影了地球未來的樣貌，一張換過一張，而且畫面極度清晰，令人彷彿身歷其境。

「一下是一群人走在花園小徑，露出莊重的笑容，而且充滿自信；一下是一群如天使般的小孩穿過草地、跑向小溪；又一下彷彿我們是從高空俯視地球倒映在湖面上的美景。

「還有很多絕妙的畫面與場景、美得無以復加的風景。

「忽然間，湖面上空出現一名男子，彷彿是從雲霧中出來的，然後周遭的景象消失不見。這名男子獨自站在湖的中央看著我們，不久後另一名男子走到他的右邊，接著又有三名美若天仙的少女一個接著一個出現，最後是一對雙胞胎小男孩手牽著手走了過去。湖面上站了很多人，身材都很勻稱高挑，對我們露出友善的笑容，使我們的身體感到一陣暖意。此時，我們聽到孫女的聲音：

『兩位爺爺，你們看，他們都是你們的子孫，帶著溫暖燦爛的笑容想著你們。摩西曾爺爺，你看，站在邊緣的那個男孩長得跟你很像，他的眼神散發著你的靈魂。』

「全像投影消失後，我們站在原地，還沒從剛才奇特的影像回神過來，阿納絲塔夏便說：

『你們覺得誰能為我戴上頭冠？』

「我的父親不覺得這是個把戲，所以照婚禮的慣例問了她一句：

『女孩，誰能為妳戴上頭冠？』

「而她回答：

『我要在你們、上天和我命運的面前為我自己戴上頭冠。』說完後，她便把頭冠戴上。

『你選擇要為他戴上頭冠的人在哪裡？』父親問。

『他準備要睡了，但就算他醒著，也是在沉睡。他對儀式一無所知，幾年後需要再問他。』

『阿納絲塔夏，妳打破規矩了。』父親嚴厲地說，『違反了古代智者的科學。儀式應該是兩個人參與，兩人只有在一起才能結婚，所以妳的婚禮不算數。』

『曾爺爺，相信我，算數的，我在上天的見證下結婚了。儀式確實需要兩個人參加，但畢竟每次都是先問一方是否願意結婚後，再問另一方。

『我被問到，也給了答覆，就讓我所選的人思考吧，想多久都可以。沒有人規定兩人的答覆可以間隔多久，可以是一分鐘，也可以是十年。但就算他的回應是負面的，我還是應該在自己的見證下保持已婚。我不該打破流傳數個世紀的約定。』

「父親還想再說什麼，但在他開口說話時，天上響起雷聲、蓋住他所說的話。他轉身離開，不顧要走哪個方向，他每次激動時都會這樣。我差點跟不上他，只聽到他語速很快地像是在跟自己說話：

『她真是固執、狡猾又聰明，沒辦法馬上反駁她，她好像永遠受到老天縱容。她改變了星球之間的關係，難道現在女人有機會自己結婚、生出婚生子女了嗎？得搞清楚阿納絲塔夏到底做了什麼，但必須先讓一切恢復既有的存在定律，這些定律存在數個世紀自有它的道理。想要恢復，必須想出有力的反駁，但我沒辦法，她太聰明狡猾了，但我……啊，我知道怎麼反駁及拒絕這個儀式了。』

「父親突然調頭走回湖邊。當我們靠近湖邊，但還沒走出矮樹叢時，我們在湖面上空看到一道幾乎看不見的獨特光線。星星倒映在湖面上，如流星雨般落下。我們的孫女戴著花冠，獨自坐在倒下的松樹上，望向你睡覺洞穴的方向，輕輕地唱著歌。

「我的父親沒有走出矮樹叢，待在原地聽著她的歌聲說：

『她真的結婚了。』他用手杖敲了一下地面，『沒有人有能力取消她的婚禮，因為沒有什麼比得上它的力量。』父親輕聲地繼續說：『我們的孫女是在自己還是上天的見證下結婚，現在都一樣了。』

「阿納絲塔夏唱了什麼？是什麼歌？」

「歌詞是這樣的：

我在自己的見證下結婚，
現在成了你的女人。
你是我唯一的男人，

我們的夢想將會成真。
在地球上，在湛藍的星球上，
我們會有幸福的兒子，
女兒會又漂亮又聰明，
他們將善待眾人。
在上天的見證下我與你成親，
我是你永永遠遠的女人。
在遙遠又巨大的星星上，
會有我們的後代生活著。」

未完待續……

弗拉狄米爾・米格烈致各位讀者

目前網路上有許多網頁內容，主要在宣揚與《鳴響雪松》系列主角阿納絲塔夏類似的思想。其中不少網站冒用我的姓名「弗拉狄米爾・米格烈」（Vladimir Megre），聲稱自己是官方網站，並以我的名義回覆讀者來信。

就此我認為有必要告知各位敬愛的讀者，我決定自己設立國際官方網站 www.vmegre.com。這是唯一的官方窗口，負責接收來自世界各地、不同語言地區的讀者來信。只要您訂閱此網站內容，並註冊為會員，就能收到日後舉行讀者見面會的日期與地點，以及其他相關訊息。

我們網站將為各位敬愛的讀者統一發佈《鳴響雪松》在世界各地的最新消息。

弗拉狄米爾・米格烈敬上

《愛的儀式》為《鳴響雪松》系列書的第八之二集。此系列書共有十集，作者至今仍持續寫作。

作者在俄國和其他許多國家舉辦讀者見面會和記者會。《鳴響雪松》系列書的讀者展現了他們的行動力，在各地成立對外公開的組織，其中一項主要的目標是創建祖傳家園。二〇一〇年作者的第十本書《阿納絲塔》發行了。目前他計劃以這一系列書來編寫劇本。

一九九六年至二〇一〇年間，弗拉狄米爾·米格烈一共寫了十本書（《鳴響雪松》系列書：《阿納絲塔夏》、《俄羅斯的鳴響雪松》、《愛的空間》、《共同的創造》、《我們到底是誰?》、《家族之書》、《生命的能量》、《新的文明》、《愛的儀式》、《阿納絲塔》）。至今這一系列書在世界各地銷售超過兩千萬本，翻譯成約二十種語言。米格烈於一九九九年在弗拉基米爾城設立阿納絲塔夏文創基金會，網址為 www.anastasia.ru。

作者：弗拉狄米爾·米格烈

原著語言：俄文

第一集《阿納絲塔夏》
第二集《俄羅斯的鳴響雪松》
第三集《愛的空間》
第四集《共同的創造》
第五集《我們到底是誰？》
第六集《家族之書》
第七集《生命的能量》
第八之一集《新的文明》
第八之二集《愛的儀式》
第十集《阿納絲塔》

根據作者的想法，其中第九集為讀者自行依照書中構想，撰寫給自己與後代的家族之書。

鳴響雪松 *8.2* Новая цивилизация－Обряды любви

愛的儀式

作者　弗拉狄米爾・米格烈（Vladimir Megre©）
譯者　王上豪
編輯　郭紋汎
封面設計　斐類設計
校對　郭紋汎、戴綺薇
排版　李秀菊

出版發行　拾光雪松出版有限公司
網址　www.CedarRay.com
書籍訂購請洽　office@cedarray.com

總經銷　紅螞蟻圖書有限公司
地址　台北市114內湖區舊宗路2段121巷19號
電話　02-27953656

初版一刷　2019年07月
初版二刷　2021年08月
定價　350元

原著書名　НОВАЯ ЦИВИЛИЗАЦИЯ, ЧАСТЬ 2: ОБРЯДЫ ЛЮБВИ
弗拉狄米爾・米格烈2006年於俄羅斯初版
網址　www.vmegre.com
郵政信箱　630121俄羅斯新西伯利亞郵政信箱44
電話　+7 (913) 383 0575 (WhatsApp, Viber)
電子郵件　ringingcedars@megre.ru
生態導覽與產品　www.megrellc.com

國家圖書館出版品預行編目資料

愛的儀式／弗拉狄米爾・米格烈（Vladimir Megre）著；
王上豪譯. -- 初版一刷 -- 高雄市：拾光雪松, 2019.7
面；12.8×19公分. --（鳴響雪松；8.2）
ISBN 978-986-90847-9-6（平裝）

880.6　　108008736